ANGUSTIA
Relatos de soledad y muerte

Lorena Brown

ISBN-13: 978-1-63065-161-9

PUKIYARI EDITORES
www.pukiyari.com

Para Carolina

Índice

El hotel

La humedad le penetró los huesos ni bien atravesó la enorme puerta de madera y le hizo recordar la casa de su abuela, donde todo parecía haberse detenido en el tiempo. Una porción de nostalgia también la invadió. Subió los escalones de mármol e ingresó al *hall* del antiguo hotel, una forma delicada de calificar el viejo salón. Observó que todo estaba limpio y prolijo. Eso le dio cierta tranquilidad. No tenía muchas opciones, pues no conocía la ciudad y era el único hotel que encontró en Internet que podía pagar y estaba cerca del verdadero objetivo de su viaje.

Llegar a la capital no le resultó nada fácil, tuvo que pensarlo mucho. Es que significaba la posibilidad de encontrarse con quien la abandonó cuando aún no decía su primera palabra. Ansiaba conocer su cara, escuchar su voz, pero no sabía con qué se toparía en aquella dirección que le demandó mucho tiempo hallar. Tampoco sabía si él estaría dispuesto a recibirla, si querría hablar con ella, pero había llegado a la gigantesca ciudad —al menos para ella— con el propósito de encontrarlo. Lo que sucediera después dependía de él, de su reacción, de sus palabras, de su apertura para restablecer la relación. A decir verdad, establecer, porque nunca hubo una.

Un tanto tímida, solicitó una habitación y el recepcionista le explicó, con amabilidad, el significado de *single*. Estaba por primera vez en un hotel. Roberto —eso decía en su camisa— se dio cuenta de inmediato, y le comentó a qué hora se servía el desayuno y que a las nueve debía dejar la habitación si pensaba quedarse nada más que una noche. «Me quedaré solo hoy», respondió Silvia, con una mirada de agradecimiento por tanta gentileza.

El hombre de enjuta cara, la cual reflejaba una vida de turnos ajetreados, le extendió la llave de la habitación con una buena vista de la ciudad, buscando que la joven pudiera observar la capital en toda su majestuosidad nocturna y se llevara un buen recuerdo de su primera visita.

Y estaba en lo cierto. Silvia pisaba por primera vez Montevideo, a donde llegó tras subirse a varios ómnibus desde Algorta, ínfima localidad del departamento de Río Negro, pero cuya estación ferroviaria queda en Paysandú. Cosas de la vida, cosas que ella entendía que no eran culpa de nadie, más bien así se había dado todo.

Su madre le impidió el viaje varias veces, con las repetidas excusas de «no hay plata», los miedos de «nunca has ido» y «es muy peligroso», o directos «no vas». Entonces Silvia se lanzó a la aventura sin decirle a Rosa. Nada se puede hacer cuando una chica que ya cumplió sus dieciocho años decide empezar una relación con su padre o escribir el último capítulo de una historia inconclusa y guardarla en la estantería sobre su cama, como se guarda un libro ya leído, del que se conoce su final, pero igual se atesora.

Rosa atosigaba a su hija con el argumento de que solo perseguía un único fin: evitarle un dolor mayor, una nueva decepción y otra despedida. Nada de esto tenía sentido para Silvia, simplemente porque no sufrió ningún dolor ni decepción, ni hubo despedida. No había recuerdos. Y ella quería llenar esos vacíos, completar las piezas del puzle de su vida.

La tremebunda razón de Rosa —y que solo los más cercanos conocían— era evitar que su hija supiera que Jorge la abandonó después de que ella hizo añicos su orgullo. «Yo la embarré», solía reprocharse. Ningún hombre de campo acepta que su mujer ponga sus ojos en otro y, encima, sea correspondida. Aquel hirsuto hombre no dudaba de su paternidad, porque la sabía honesta en su cuerpo, pero no en su corazón. Y los flamígeros comentarios terminaron por hacerlo juntar algunas *pilchas*, unos pocos pesos, y salir por la misma puerta por la que entró cargando a Rosa el día que se casaron.

Silvia optó por subir las escaleras; al cabo, eran solo tres pisos y no deseaba pasar vergüenza por no saber utilizar el ascensor. Aunque en teoría conocía cómo funcionaba, *nunca se sabe lo que puede suceder cuando uno no domina el asunto*, pensó. Y ya se había sentido ridícula cuando le tuvieron que explicar qué era una habitación *single*. Además, no llevaba más equipaje que una mochila. Era una chica acostumbrada a recorrer varios kilómetros en bicicleta para llegar hasta el liceo y luego volver a casa; a menos que ese día tuviera Historia, y entonces su afable profesora la llevaba en su destartalada camioneta hasta la entrada del pueblo.

En el tercer piso encontró un pasillo con paredes empapeladas de un verde *escupida de mate* y una lámpara que daba una insuficiente luz. Un viejo pero bien cuidado sillón combinaba a la perfección con el color de las paredes y cortinas. Flores grandes —de plástico, claro— y cuadros completaban la escena, que no se detuvo a apreciar con detenimiento ya que quería llegar a su habitación.

Siguió por el corredor que supuestamente la llevaría a su habitación; en cambio, halló dos pasadizos más. Tuvo suerte: porque el primero que optó, sin ningún motivo en particular, acababa justo en su estancia, la 312. Estaba oscuro, pero encontrar el interruptor de la luz que daba a su puerta la dejó introducir la llave.

Otra vez el verde dominaba las paredes, y no le desagradaba, le recordaba el campo en primavera. Ni bien atravesó la puerta, cerró y puso el seguro. Era una chica de un pueblo pequeño, pero consciente de que estaba sola en un hotel en la capital.

Anhelaba probar la cama, pero primero se bañó. El viaje había sido largo y se sentía sucia. Demoró en encontrar el punto exacto entre el agua fría y caliente, le resultó difícil entender el vetusto duchero. Lavó su largo cabello, lacio y oscuro como el de su padre, según decía su madre. Aunque tal vez ya lo tendría blanco, si es que todavía tenía cabello.

Le agradó encontrar todo limpio: toallas con olor a suavizante y pequeñitos jabones. Le inquietó saber cómo serían los hoteles pomposos si este, que era económico, le brindaba esos lujos que experimentaba por primera vez.

Secó su cabello y lo peinó con lentitud, mientras se miraba en un gran espejo, tan viejo como el hotel. Y sintió un aire que le estremeció la piel. La ventana del baño no cerraba bien, sus años demandaban una reparación. «¿Me habrán visto?», se preguntó al percibir que se había bañado con la ventana entreabierta. Pero era un disparate pensar así, reflexionó, pues el edificio de enfrente estaba separado por una amplia avenida.

Cerró la abertura como pudo y se puso su pijama dispuesta a dormir. La posibilidad de conocer la parte más antigua de Montevideo no fue lo suficientemente atractiva; ya comenzaba a oscurecer y eso le quitaba todo encanto. Ni siquiera la necesidad de comer fue tan fuerte para hacerla cambiar de opinión. Se conformó con unas galletitas. Al otro día le deparaba el esperado reencuentro, eso bastaba para querer dormir y no contar las horas. Pensó que no lo conseguiría, pero tan pronto como puso su cabeza en la almohada el sueño hizo lo suyo. Estaba cansada y el agua caliente del baño le resultó muy relajante.

Durmió, hasta que unas voces la despertaron. Otros huéspedes, seguramente. *La gente viaja por la noche y llega a los hoteles tarde*, pensó.

Volvió a dormir. Pronto, las voces le truncaron el sueño. Esta vez ya no parecía una conversación, sino una discusión. No lograba entender qué decían, así que se acercó a la puerta. La curiosidad pudo más que la tibieza de las sábanas. Si comprendía lo que sucedía afuera, entonces sabría que era algo sin importancia y volvería a dormirse… El grito intenso y desgarrador de una mujer la hizo alejarse de la puerta de un salto. *¡Ay, Dios!, ¡¿qué pasó?!*, pensó. Las voces se fueron dispersando como la neblina en el campo, y Silvia volvió a la cama algo turbada. No alcanzó a entibiar las sábanas cuando otro grito la hizo cobrar valor para salir del cuarto. Se calzó y se puso un buzo encima del pijama. Tomó su celular por si necesitaba llamar a la Policía.

Abrió la puerta despacio. El pasillo estaba en penumbras. Volvió a encender la luz próxima a la puerta de su habitación. *Qué raro. ¿No la prendí al entrar?*, se preguntó. No vio nada extraño. Caminó buscando la estancia más iluminada. El grito se había sentido cerca. Tal vez alguien necesitaba ayuda.

No sintió ni siquiera el sonido de un grillo, ni pasos ni voces. El piso parecía estar vacío. *Bueno, no es un hotel muy atractivo para los turistas, aunque está en pleno centro de la ciudad. Quizás soy la única huésped del piso… o del hotel*, se dijo a sí misma. Después de todo, era un día de semana y en invierno.

Regresó a la habitación y se metió a la cama sintiendo que ya no volvería a dormir. Aquellos gritos le habían quitado hasta el último resto de sueño.

Una hora más tarde, escuchó una conversación cerca de su puerta. *Debe haber un incendio o algo así y están sacando a toda la gente del hotel*, pensó, saliendo otra vez de la cama. Se vistió y calzó tan rauda como pudo. Guardó todas sus cosas en la mochila y la cargó en su espalda. Estaba lista para salir del hotel. Mas al abrir la puerta, todo estaba en calma, en penumbras otra vez.

Caminó de nuevo por el pasillo y nada parecía estar mal. Aunque ahora estaba dispuesta a obtener una respuesta. Así que bajó al *hall* tan rápido como pudo, esperando encontrar al amable Roberto, que podría explicarle lo que estaba pasando. El recepcionista no estaba. Nadie se encontraba allí. En cambio, telas de araña y polvo, que no vio al ingresar, subyugaban los rincones y muebles. «Hola. Roberto, ¿dónde está?», dijo en voz alta, pensando que alguien le respondería. Quizás ya su turno había terminado y alguien más, menos responsable, ocupaba su lugar y dormía en algún sillón.

Algunas luces estaban encendidas y Silvia atravesó el lugar hasta llegar al comedor contiguo. Las sillas estaban sobre la mesa, patas para arriba. Nada lucía como unas horas antes. Los muebles parecían no haber recibido huéspedes en años. *¡Qué extraño! Tal vez no viene mucha gente,* pensó.

Regresó al tercer piso. Decidió golpear en la primera puerta. Alguien debió sentir los gritos que ella escuchó. Si se disculpaba y explicaba la situación, nadie se ofendería. *La una y media de la madrugada no es tan tarde, y más si se trata de una emergencia. Mucha gente tiene problemas para conciliar el sueño, y entre la televisión y los celulares, nadie duerme antes de las doce,* se dijo a sí misma, tratando de tomar coraje.

Golpeó. Nadie abrió. Golpeó en todas las puertas y el resultado fue el mismo. *¡Acá no hay nadie!,* gritó en su interior.

Pensó en regresar a su habitación, donde se sentiría un poquito más segura, aunque no lograría dormir. Si se encerraba con llave y se metía a la cama vestida, lista para huir, las horas transcurrirían y con las luces del sol llegarían las respuestas.

Entonces, ingresó a su habitación, pero ya nada estaba limpio. El polvo y las arañas habían conquistado el lugar, convirtiéndolo en su propio reino.

«¿Qué es esto? ¿Qué carajo pasa acá?», dijo en voz alta. La situación ya no daba para pensamientos, no podía dejar las palabras encerradas en su mente.

Ahora sí estaba decidida a llamar a la Policía. Salió del cuarto. Las piernas le temblaban, con las justas logró sentarse en el sillón verde, que no lucía tan bien esta vez; los años habían invadido cada fibra del tapizado del mueble de un minuto para otro.

La ronca voz de un policía le preguntó el motivo de su llamada. Y ¿qué explicar? Silvia balbuceó una respuesta, y el hombre, sin entender, le dijo que no usara la línea para bromas y tonterías.

—¡No estoy haciendo ninguna broma! —afirmó, decidida a explicar qué le estaba sucediendo.

Entonces, convencida de que tenía que hablar más pausado y claro, Silvia le contó que estaba en el Hotel Miraflores, en la parte vieja de la ciudad. Los nervios no le dejaban recordar la dirección y tampoco quiso buscar el papel que llevaba en uno de los bolsillos de la mochila, pues sabía que no lo encontraría.

—¡Ya te dije, muchachita, que te dejes de hacer bromas! —dijo el policía.

—No estoy bromeando, estoy en el Hotel Miraflores. Escuché gritos y tuve que salir de la cama. Pero no encontré a nadie en el hotel. El recepcionista no está y todo está sucio y no sé qué pasa. Es como si estuviera sola en el hotel —respondió Silvia, con la voz entrecortada por el llanto.

—Está bien, está bien, tranquila. ¿Me dijiste Miraflores? ¿El que está por la avenida Cervantes?

—Sí.

—Mira, no sé cómo hiciste para entrar a ese hotel, pero no deberías estar ahí.

—¿Por qué?

—Hubo un incendio en una habitación del tercer piso hace años. Como murió una mujer, lo clausuraron por la investigación. El hotel nunca volvió a abrir. Supuestamente está cerrado, aunque ya veo que encontraste la forma de entrar.

Silvia no supo qué contestar a las palabras del policía, solo atinó a salir corriendo, bajando las escaleras tan rápido como sus piernas y su temor se lo permitieron. Con todas sus fuerzas, intentó abrir la puerta principal. Giró la perilla muchas veces, pero no lo consiguió.

El policía seguía en la línea, la escuchaba gemir de desesperación. Silvia acercó otra vez el celular a su oreja.

—¡No puedo abrir la puerta, está cerrada!

—Claro que está cerrada. Escucha, cálmate y dime cuál es tu nombre y cuántos años tienes.

—Silvia Paredes y tengo dieciocho años.

—Silvia, ¿dónde vives? ¿Eres de Montevideo?

—No, soy de Algorta.

—¿Y tus padres saben que estás acá?

—No, mi madre no sabe.

—Escucha, tranquilízate —dijo el policía, mientras tecleaba a toda velocidad. Sabía que una joven del interior estaba desaparecida, pero no recordaba nada más. Cuando la información saltó, todo tuvo sentido—. Escucha, ya te mando un patrullero para sacarte de allí. Respira profundo y siéntate cerca de la puerta. Todo estará bien, quédate tranquila. Lo que ves ahora es la realidad, lo que percibiste unas horas antes es parte de una alucinación...

—¿Cómo que alucinación?

—Sí, causada por la esquizofrenia. Saliste de tu casa hace tres días y tu madre te está buscando. Ya sale el patrullero...

Se escuchaba al policía hablar a alguien más, mientras Silvia respiraba con dificultad.

—No salgas de ahí, ya llega el patrullero. Voy a llamar a tu mamá, ¿está bien?

—Sí —contestó Silvia. Colgó la llamada y observó la pantalla de su celular. Tenía veintitrés llamadas perdidas. Todas de su madre.

Papa de ayer

Preparar la avena para el desayuno era una tarea pesada. Revolvía algo que parecía cemento en una pequeña olla que revelaba sus años de uso. Tal vez el calor o tal vez la fecha eran responsables de su sentir. Por momentos todos los recuerdos empantanaban su mente. Cuando el mazacote comenzó a endurecerse tanto como su alma, se percató de que había pasado demasiado tiempo dándole vueltas a su menjunje favorito y pronto él se lo estaría reclamando. Sintió sus pasos por la escalera. El quejido de la madera fue siempre útil para advertir su presencia. Acabó de servir el desayuno tal como a él le gustaba: las tostadas debían estar a punto, la avena espesa, y el café en su temperatura justa. Cualquier minúsculo error podía hacerlo enardecer.

Aprendió muy bien esa lección el día que los espaguetis estaban «demasiado cocidos, incomibles», según Daniel, y la fuente y todo su contenido terminaron estampados en la pared, haciendo una mancha que solo la pintura cubrió. Y eso también la hizo «merecedora» de unos buenos «recordatorios», para que no se le olvidara que la pasta debía estar *al dente*. Y, por las dudas, para que no se le borrara de la memoria, le rapó la cabeza. Juana, desde entonces, mantuvo su cabello muy corto, casi inexistente. Ya no le importaba, al cabo que la alopecia nerviosa hacía sus estragos. Solo usaba peluca para andar en público, y solo porque Daniel la obligaba, para no avergonzarlo.

Lo vio irse en el auto, como todos los días, y comenzó con las tareas de la casa. No se esmeró demasiado en la limpieza. Se detuvo en su dormitorio y sacó una caja del estante más alto de su armario. Miró las fotografías con detenimiento, tratando de revivir los momentos. Y volvió a llorar. Hacía tiempo que no lloraba con tanta amargura, aunque él siempre estaba clavado en su mente. Su sonrisa, sus rizos té con leche, sus pequeñitas y blanquísimas manos.

Las lágrimas no la abandonaron en toda la mañana, pero las enjugó por la tarde para que su marido no las percibiera, y emprendió la faena de preparar la cena. La receta elegida fue la favorita de Daniel: carne con papas y cebollas al horno. A ella nunca le gustaron las cebollas.

La fuente humeante estaba sobre la bien servida mesa cuando él llegó. No dijo nada, pero olía muy bien, pues su mujer se había convertido en una excelente cocinera. De hecho, ella no dominó la cocina por varios años. Pero eso, como tantas otras cosas, cambió ese día. Aquel maldito día que anhela borrar del calendario.

Daniel atravesó la puerta del comedor y escuchó a Nachín repetir lo único que sabía decir o, por lo menos, lo único que se le entendía: «Papa de ayer».

No soportaba a ese loro viejo, aunque sabía que pronto moriría y ya no tendría que escuchar su estúpida frase. La cena transcurrió como siempre. Él hablaba y ella escuchaba, la mayor parte del tiempo. Forzaba su mente para seguir su conversación y le respondía, tratando de que pensara que estaba interesada en sus aburridas anécdotas de la oficina.

—¿Postre? —preguntó él con su tradicional tono de reclamo.

—Te hice tarta de manzana. Tu favorita.

Juana preparó semejante banquete justo ese día. Quien no supiera que era el quinto aniversario de la muerte de su hijo, Andrés, pensaría que se trataba de una celebración. Parecía permanecer impávida. Tal vez la locura era un lastre que le impedía recordar que los ojos de su niño se cerraron con tan solo siete años.

Después de la cena, la mujer arrastró su fina figura por la cocina para lavar los platos. El agua con jabón salpicaba su vestido con flores celestes que algún día fueron azules, pero ella ni reparaba en eso. Sus pensamientos estaban en aquella cruel mañana, la más amarga de su vida, en que Daniel se había levantado con un semblante casi demoníaco.

Ella no necesitaba pensar demasiado para prever que tiraría alguna taza porque el café no estaba exactamente como a él le gustaba. Exactamente. O que las tostadas estaban algo más oscuras que como él las prefería. Algo. Cualquier pequeñez lo haría explotar. Cualquiera.

Un sabor a ajenjo inundó su boca al recordar ese momento, o tantos otros después, cuando él estaba cerca y ella tenía que actuar, aunque esto no fuera su fuerte. Siempre temía que sus ojos, espejos del alma, la delatasen. Pero su alma estaba muerta, y su desolación cubierta con un velo para que no se escapase ninguna expresión. Nada haría que él percibiera cómo se sentía en realidad Juana.

Al día siguiente, Daniel tuvo un nuevo malestar digestivo, junto con dolor de cabeza y vértigo. Siempre pensó que era un hombre saludable, fuerte, por eso acudió solo un par de veces al médico, quien no logró encontrar qué lo afectaba desde hacía tiempo. Más estudios eran necesarios, pero Daniel no lo creía así.

El desayuno lo ayudó a sentirse mejor, pero en la oficina percibió que algo no andaba bien y se fue directo a la casa después del trabajo. Beber con sus colegas quedó para otro día.

Juana preparaba la cena —merluza al horno con papas panaderas— cuando sintió el auto. Daniel entró pálido, tiró su portafolio en el suelo, gritó que había llegado y subió las escaleras, depositando su gran físico en la cama.

—Llegaste temprano, ¿te sientes mal de nuevo? —preguntó Juana, con cara de preocupación.

—Sí, creo que iré mañana de nuevo al médico. No sé qué me pasa…

—Tranquilo, ya te sentirás mejor. Solo necesitas descansar porque trabajas demasiado —acotó ella.

Las agujas del reloj se movían muy lento y Juana observaba, sentada al lado de la cama, cómo Daniel se convertía en un ánima. Apenas lograba hablar. Pronto llegó la noche, y con ella, cierta oscuridad para el hombre, que había adelgazado algunos kilos el último año.

Respirar se le hacía cada vez más difícil, pero la mujer logró que desistiese de llamar al doctor Espino, quien ya estaría en la cama descansando. Mejor llamarlo al otro día temprano.

—Daniel, solo necesitas reposar y tomar algo de agua —dijo la mujer con voz sosegada.

Las horas fueron pasando, llevándose las fuerzas del ebúrneo Daniel, tanto que no pudo llamar al médico cuando decidió hacerlo. Como si conocer el origen de su decadencia lo ayudase de alguna manera, con crepitante voz Daniel hizo la pregunta más importante:

—¿Qué me está pasando, Juana?

Y ella respondió con calma:

—Yo te he dado de comer todos estos años. No se muerde la mano que te da de comer.

Sus ojos se liberaron y revelaron en su mirada el profundo y encarnizado odio que robó las últimas gotas de vida de Daniel. Él la observó, sin preguntar nada más o reclamar por su inminente fin. Solo la contempló, esa fue su despedida. No pudo o no quiso decir nada.

Meses antes de la muerte de su Andrés, Juana escuchó en la radio un dato que jamás salió de su boca y, aunque en ese momento consideró insignificante, quedó encallado en su mente. Nunca pensó que esa subrepticia información saltaría a primer plano en su mente en una tarde cualquiera y sería la clave para intoxicar al ser que decidió apagar a su niño. Y nadie, por supuesto, siquiera imaginó que una mujer tan dulce y sufrida por la muerte de su único hijo podría incluir papas del día anterior en cada uno de los deliciosos platos que preparó para su marido por más de un año, por 383 días.

Las inofensivas papas lo fueron envenenando, como el odio envenenó el corazón de Juana. La temerosa mujer fue volviéndose oscura, y se llenó de un fuerte deseo por vengar la sangre de Andrés, que le reclamaba desde la escalera por donde lo sintió caer aquella mañana, cuando el pequeño olvidó su cuaderno y corrió a buscarlo, pero su protervo padre le dio su último golpe «por ser tan estúpido».

La despreciada paciencia de Juana terminó siendo como el alcaloide solanina de la papa, un mecanismo de defensa contra los días de soledad sin su hijo, contra la repulsión que sentía hacia su marido después de que le dijo a la Policía que el pequeño había rodado por las escaleras por correr apresurado para no llegar tarde a la escuela.

El pesticida natural de la papa se fue concentrando en el cuerpo de Daniel todos aquellos días, que pasaron lentos para Juana. Esperó y esperó, hasta corroborar que el simple dato escuchado en la radio era real. No volvió a preparar papas, aunque su confidente emplumado a veces repite: «Papa de ayer».

En cana

Con las botas apoyadas en el enorme escritorio, el agente Evaristo Cardozo descansaba, aprovechando el aire fresco que entraba por la puerta, ese vientito del campo que envuelve y adormece como el mejor de los vinos. Nada pasaba en el pueblo, y qué más podía hacer un policía en una comisaría, un domingo a las tres de la tarde. De hecho, le tocaba la guardia domingo de por medio, pues la tarea era compartida con Julio "Cachete" Fernández, el otro agente del pueblo más profundo del departamento de Tacuarembó.

Pero esa tarde el letargo de Evaristo se vio interrumpido por los gritos de Pablo y Aparicio, dos mugrosos en chancletas que cayeron en la comisaría llamándolo con desesperación desde media cuadra atrás.

—Pero ¡qué pasa, che! ¿Qué quieren, *guachos* impertinentes? —gritó Cardozo, tratando de incorporarse lo más rápido posible, sin caerse de la silla para no pasar vergüenza y no ser después motivo de chiste en el bar de don Rodrigo.

—¡Cardozo, Cardozo, hay una revuelta en el *boliche*! Don Rodrigo nos dijo que lo viniéramos a buscar *pa'* que no haya ningún *apuñalao*. Dice que vaya porque no quiere ningún problema en su bar.

—¡La gran siete, che, no dejan descansar a nadie! Venía demasiado bien el domingo —retrucó el policía mientras se abrochaba el cinturón que le apretaba demasiado la barriga gracias a los tallarines con tuco de Aurora. Y agarró el arma por las dudas. Aunque llevaba años sin dispararla, nunca se sabía si pudiese necesitarla.

El bar y almacén de don Rodrigo quedaba a cinco cuadras; todo en realidad estaba a poca distancia en el pueblo. Y sin embargo Evaristo tuvo que tomarse su tiempo para que sus muchos kilos llegaran al negocio, porque si no había ningún herido, para qué apurarse. Y seguro que el viejo exageró en la magnitud del hecho.

Los gritos se escuchaban como a una cuadra y varios vecinos se dedicaban a *chusmear* con entusiasmo desde lejos, intentando comprender qué pasaba en el almacén de ramos generales y bar de Rodrigo Almeida, hombre trabajador y respetable que seguía el negocio de su padre, don Genaro Almeida.

Cuando el agente Cardozo asomó su nariz a la puerta casi reculó con la esperanza de que no fuera cierto lo que sus ojos veían. Pero sí, sus ojos no fallaban. En el medio de dos paisanos de bombacha y pañuelo al cuello —atuendo de domingo— estaba el comisario Humberto Rivero, con la mano alzada y en plena discusión.

Antes de entender por qué discutían, Evaristo se dio cuenta de que la responsable de tanto relajo y gritería era la *caña*, mucha *caña*. No estaba acostumbrado a ver al comisario en ese lamentable estado. Es más, nunca lo había visto tan borracho en los cinco años que llevaba a cargo de la comisaría del pueblo. Era un hombre serio y mandón, por lo que el agente no se explicaba cómo era que llegó a esa situación.

El altercado, bien acalorado, por cierto, no era más que por política. Como dicen, hay temas de los cuales mejor no hablar: política, religión y madres. Y mucho menos en un bar, donde las copas hacen defender las opiniones de manera más radical.

Allí estaba el comisario con los hermanos Peralta, dos *troperos* que se recorrían Tacuarembó de punta a punta llevando ganado. Curtidos por el sol, la lluvia y el viento, Carlos y Feliciano Peralta no estaban acostumbrados a las controversias, y mucho menos con el comisario. Tal vez por eso todavía no habían sacado sus *facones*, que descansaban en los anchos cinturones de los solterones, que preferían una vida en libertad en el campo y las visitas esporádicas al pueblo, porque a la madre no hay que olvidarla.

La cosa se había puesto rara esa tarde en el bar. La paisanada, en general, solía desahogarse entre vino y vino, y a lo sumo don Rodrigo sacaba alguno que, *entonado*, se ponía pesadito y calentaba el ambiente. Pero el comisario era el comisario y nadie se atrevió, ni siquiera el dueño del lugar, a sacarlo. Y entonces fue requerida la intervención de la Policía para controlar al mismísimo jefe.

Evaristo se sacó la boina, se peinó los pocos pelos que le quedaban, como si el gesto lo ayudara a pensar qué hacía para controlar el *quilombo*. Para un hombre calmo y habituado a obedecer órdenes, no era fácil tomar una decisión de tal magnitud, y mucho menos en unos pocos segundos. Porque si no actuaba rápido, la cosa podía ponerse roja, roja sangre.

Almeida lo puso enseguida al tanto de los hechos:

—Rivero tomó de más, Cardozo. No había quién lo parara. Y como iba pagando sus tragos, ni siquiera tuve la excusa de que le faltara *guita*. Nunca lo vi tomar tanto, ni para fin de año, mirá... Y se puso a insultar a los demás clientes, que tomaban sus *cañas* sin fastidiar. ¡No se salvó ni doña Chola, que vino por una cerveza y un refresco, che! Le faltó el respeto, le dijo que, si estaba necesitada de una fiestita, él la visitaba. ¿Podés creer, che? La pobre mujer se fue horrorizada.

Mientras Evaristo era informado de lo que había pasado, Rivero seguía desacatado, insultando a los demás parroquianos y tratándolos con desprecio. En realidad, estaba dejando fluir un torrente de rabia, cinco años de rabia para ser exactos, por estar confinado a ese pueblo, solo, sin la mujer ni los hijos, quienes no estuvieron dispuestos a dejar las comodidades de la ciudad para mudarse *a donde el Diablo perdió el poncho* y acompañarlo en el cumplimiento de su asignación. Rivero únicamente estaba desahogándose, pero de mala manera, como si la gente del pueblo tuviera alguna responsabilidad de su amargura.

Cardozo entonces resolvió *tomar el toro por las guampas*. No era valentía, más bien no le quedaba otro camino. E hizo lo que tenía que hacer. Nada más.

—¡Pare un poco, comisario! ¡*Vamo' pa'* la comisaría a dormir la siesta! —gritó el policía, y los espectadores del hecho, que sería recordado por años y generaría múltiples hipótesis sobre las razones de Rivero para semejante espectáculo, hicieron un silencio de entierro.

Rivero estaba borracho, pero no tanto como para no darse cuenta de que su subordinado le estaba dando una orden. Eso era inadmisible.

—¡Pero ¿quién se cree usted que es para darme órdenes?! ¡A mí nadie me grita! ¡Vuelva para la comisaría, Cardozo! —gritó también el comisario, en una competencia a ver quién gritaba más alto.

—*Vamo'*, Rivero, no sea malo. No le falte el respeto a la gente —respondió con un tono más bajo, intentando calmar los alterados ánimos.

Pero Rivero seguía en la suya. Lo de Cardozo resultó solo un soplido para el comisario. Y al agente de segunda no le quedó otra más que ganar en el concurso de gritos.

—¡Rivero, me va a tener que acompañar a la comisaría!

—¡Le dije que se calle o lo mando al calabozo!

Viendo que no había santo que lo hiciera marchar, Evaristo agarró un *rebenque* que descansaba en el mostrador y, sin pensarlo dos veces, le dio un par de golpes al comisario, que cayó más por la borrachera que por el *rebencazo*.

—*Vamo'*, Rivero, va a tener que pasar la tarde en el calabozo —agregó Cardozo, mientras juntaba a su jefe del piso con la ayuda de don Rodrigo, porque nadie más se atrevió a mover un dedo, no fuera que el comisario recordara al día siguiente quién había colaborado en su detención.

—Váyanse *pa'* sus casas, la fiesta ya se terminó —dijo el policía, intentando poner fin a los comentarios de las mujeres del pueblo, que se asombraban de lo sucedido, pero se alegraban de haber sido testigos presenciales del chisme más suculento, después de que Elsita dejó al marido y se fue con otro para la capital, un acontecimiento que generó comentarios por varios años.

Como si fuera un saco de papas, Rivero fue depositado en la cama del calabozo, nada indigna para ser la comisaría de un pueblo tan chico. Y Evaristo cerró la puerta con llave, como debe ser en cualquier detención. Cada tanto le echaba una mirada al comisario, para ver si respiraba o si precisaba algo. Rivero se sacudía un poco y balbuceaba algunas palabras de vez en cuando, pero durmió hasta el día siguiente.

La llegada de Cachete fue más temprana que de costumbre. Su madrugón se debió a que quería conocer de primera mano todos los detalles de lo sucedido la tarde anterior. Podría haber ido a la comisaría ni bien supo la novedad, pero no quiso parecer una de las tantas señoras interesadas en los asuntos ajenos de quienes habitaban el pueblo.

Las voces de Fernández y Cardozo despertaron al comisario, quien al espabilarse pronunció:

—¡Sáquenme de acá!

Cardozo *apechugó* y se hizo responsable de sus acciones, tomando las llaves de su bolsillo.

—Cardozo, ¿qué hizo, Cardozo?

—Disculpe, señor, pero *usté* estaba *desacatao* y lo tuve que detener. No tuve más remedio, señor, porque estaba tan borracho que…

—¿Y quién le dijo a usted que un subalterno puede detener a un oficial? Esto no se queda así, Cardozo.

—Pero, señor, *usté* le faltó el respeto a la gente, insultó a todo el mundo en el bar y estaba tan bravo que no me quedó de otra que traérmelo para el calabozo a dormir la siesta —intentó argumentar Cardozo.

—Cállese, Cardozo, ¿o se cree que me olvidé de que me agarró a *rebencazos*? ¡Fernández, cierre la boca y meta a Cardozo al calabozo!

Fernández, que agradecía no haber estado de guardia el día anterior, no tuvo más opción que obedecer la orden del comisario, mientras miraba a su compañero con mucha pena por lo que le estaba haciendo.

Cardozo no estuvo uno, sino tres días encerrado. Las paredes nunca le parecieron tan negras, la oscuridad de su alma las había teñido. Era un hombre con una conducta intachable y se le hacía difícil aceptar tal sinrazón. Su corazón estaba magullado, era una hoja de papel estrujada y desechada.

Contaba las horas, los minutos… Recordaba su infancia en el pueblo, el día que unió su vida en sagrado matrimonio con su única novia, Aurora, en la modesta iglesia del pueblo, y luego los días en que nacieron sus *gurisas*… Las horas caminaban lento, a pasos minúsculos por aquel lóbrego camino.

Solo pudo ser visitado por su mujer —sus hijas no estaban autorizadas—, que le traía una mejor comida que la brindada por la comisaría, y en esos pocos minutos que podía acompañarlo, intentaba levantar su alicaído espíritu por tener que estar en cana tan solo por cumplir con su deber. Y le contaba en voz baja que los vecinos le mandaban saludos y que los niños lo habían convertido en una especie de justiciero por haber dado unos *rebencazos* al mismísimo comisario por andar borracho insultando a la gente.

Cuando a Rivero le empezaron a incomodar las miradas de todos los pueblerinos y las constantes súplicas de Aurora, decidió soltarlo. El detenido se puso las botas muy lento y salió con la cabeza erguida. Sabía que había hecho lo correcto y que Tata Dios se lo iba a reconocer.

Los tres días de enclaustro tendrían que haberle servido para pensar qué hacer después. Pero nada se le ocurrió. ¡¿Qué podría hacer un hombre que solo fue a la escuela y no tenía más profesión que la de ser policía de pueblo?!

Evaristo rumió la idea de irse del pueblo, pedir traslado a otra comisaría, pero tal vez su ahora molesto jefe no le daría buenas recomendaciones y lo mandarían a cubrir un mal puesto. Sabía que en unos años tendría que mudarse a la ciudad para que sus dos hijas pudieran ir al liceo y estudiar, lo que él no había podido. Adelantar la mudanza parecía ser la mejor opción para despejar el entuerto.

Salió a la calle y todo estaba igual. Bueno, en tres días nada cambia en un pueblo con tan pocas actividades. Quería pensar que la mayoría ya se habría olvidado de lo ocurrido el domingo, aunque conociendo a la gente, la verdad era que las habladurías durarían un buen tiempo, por lo menos hasta que algo nuevo sucediera. Y eso podría llevar varios meses… o años.

Caminó. Y se cruzó con el primer vecino en el trayecto a su casa, una modesta morada construida por el plan gubernamental de erradicación de la vivienda rural insalubre. Don Paulino Sánchez detuvo su caballo, se inclinó hasta alcanzarlo y le dio un apretón de manos, de esos de caballeros, de honor, de felicitaciones. Y Paulino Sánchez no se caracterizaba por ser muy amable que digamos. No dijo ni una sola palabra. No fue necesario. Evaristo comprendió que los días que permaneció enjaulado no habían sido en vano y que su mujer no exageró en sus relatos. O tal vez sí, pero algo de verdad tenían.

Por algún tiempo tuvo que soportar los comentarios del comisario. Nunca le perdonó la vergüenza de ser detenido y tan luego por un subalterno. Eso sí, Evaristo pagó el precio que pidió el propietario por el *rebenque*, para tenerlo en algún rincón de su casa como símbolo y estandarte de aquel domingo en que cayó en cana.

La casa nueva

Por fin llegó el día. Por fin entramos a nuestra nueva casa. Todavía no me explico cómo hizo papá para pagar un lugar tan grande, en un barrio tan bonito, aunque escuché que le dijo a mamá que se la vendieron a un precio bajo, especialmente porque tiene muebles.

Es una casa antigua pero linda, y tiene varias ventanas por donde entra mucha luz. ¡Será un lugar estupendo para dibujar! Me agrada mucho la madera blanca de las puertas y ventanas, y el sillón azul de la sala. Pena que no lo taparon con una sábana, porque así lo hubieran protegido del polvo. Pero mamá dice que con la aspiradora se podrá limpiar bien.

Parece diseñada para nosotros: tiene tres dormitorios, dos grandes y uno un poco más pequeño. Los más amplios serán para mamá y papá, y para mí. Tengo derecho por ser la mayor y tener tantos libros. El chico tiene dos camas iguales, blancas y de madera torneada. Será para las gemelas; quedará estupendo cuando le pasemos el trapo y la aspiradora. Hay algunas telas de arañas y polvo, pero nada que no se pueda limpiar. Las paredes ni siquiera necesitan pintura.

Ansiaba ver el patio trasero. Papá me había dicho que era espacioso, ideal para jugar. Pero cuando abrí la puerta, quedé tiesa. ¡El cementerio! ¡Solo una calle nos separa del cementerio! Le reclamé a papá, horrorizada. ¿Vivir con un cementerio en el fondo? Pero dijo que no me preocupe, que construirá un gran muro para que no veamos nada. Además, me repitió una y otra vez que los muertos no le hacen daño a nadie, que a quienes hay que temer es a los vivos.

Sobreviví a la sorpresa del patio, pero no saldré hasta que terminen de construir el muro. Los obreros trabajan rápido. Mientras tanto, todos hemos estado muy ocupados con el hermoseado de nuestro nuevo hogar. Aunque no acabamos de poner todo en orden, tuvimos que traer nuestras pertenencias, pues la casa anterior fue vendida más rápido de lo pensado y los nuevos dueños también querían mudarse. Así que por muchos días hemos estado entre cajas y cajas, que mamá ordenó no abrir hasta terminar la limpieza.

En mi habitación, el papel tapiz es estupendo. Los ramilletes de flores rosas sobre fondo blanco me hacen sentir que estoy en medio de un enorme jardín. Y la madera del piso es ideal para bailar en medias. Al abrir el gran ropero blanco, encontré varios vestidos floreados y algunos zapatos blancos. Mi mamá dice que puedo quedarme con lo que quiera y el resto lo regalaremos a la iglesia de nuestro antiguo barrio. Zapatos blancos jamás usaré y esos vestidos pomposos, llenos de volados, tampoco. Así que coloqué todo en una bolsa y lo puse entre las muchas cosas que mamá destinó a la donación, entre sábanas y cortinas que les serán muy útiles a otros. Pero no pude resistirme a un tapado rojo, con prendedura cruzada y grandes botones, que me queda perfecto. Va muy bien con mi piel blanca y mi cabello castaño, según dice mamá. Sentí el paño suave que me abrazó cuando me lo puse luego de llevarlo a la tintorería.

—Mamá, esto era de una niña como yo. ¿Por qué no habrá llevado todas sus cosas? Yo no dejaría un abrigo tan bonito.

—No lo sé, Matilde. Tal vez la dueña de esta habitación decidió escoger solo aquello que realmente le gustaba. A veces, cuando las personas se mudan a otro país, deben llevar solo lo imprescindible y dejan muchas de sus cosas. O tal vez no le agradaba tanto como a ti, o ya estaba cansada de ese abrigo.

Los días han pasado y todo ya luce más ordenado. Estoy feliz con mi hermosa habitación y me siento muy bien cuando salgo con mi precioso abrigo rojo.

Ya nos hemos declarado instalados en nuestra recién estrenada casa y mamá decidió que era momento de ir a la iglesia del nuevo barrio. Esa mañana me sentí muy mal, quizás por ser un lugar tan cerrado y estar colmado de gente, y yo abrigada de más. La anterior iglesia era más sencilla y el sacerdote hablaba con calma. Los gritos del padre Felipe me hicieron saltar varias veces del banco, motivo por el cual mi madre me reprendió.

En estos días he estado muchas horas en la cama, y a pesar de desear ir a la escuela, mamá no me lo permite. «Estás pálida y taciturna. Estás enferma o en proceso de estarlo. Si sigues así, tendré que llevarte al médico», me dijo.

Pero salgo de la cama y como la habitación es fría, me coloco mi abrigo rojo y me siento frente a la ventana a dibujar. Dibujo otras cosas. He cambiado las flores y los animales por las partes del cementerio que el muro me deja ver. Dice mamá que la mayor parte del tiempo quedo con la vista fija en algún objeto, como si intentara descifrar algún secreto escondido. Ella me ha reprendido varias veces, pero yo no sé qué me sucede. Me han llevado al hospital. El médico, un viejo que parece tener más experiencia en comidas y postres que en curar enfermos, dice que estoy bien, que en realidad necesito alimentarme mejor y salir un poco al patio. Cree que el asunto del cementerio me ha asustado y pronto me olvidaré de que está detrás del muro. Dice que el sol me hará bien y que en unos días podré regresar a la escuela.

Aunque el doctor panzón dijo que me sentiría mejor, yo continúo saliendo de la cama solo para dibujar o para sentarme en el patio, siempre envuelta en mi abrigo rojo. Pierdo la noción del tiempo y el estómago no me recuerda que es hora de almorzar o cenar.

Mis padres decidieron tener la opinión de otro profesional, quien me ha visitado en mi habitación. Dijo papá que, por el precio de la consulta, debe ser un buen médico. Me ha recetado unos medicamentos asquerosos que me niego a tomar. Tienen un sabor horrendo y solo los trago cuando papá logra sujetarme y mamá introduce la cuchara en mi boca. En realidad, son los únicos momentos en que los incomodo, pues el resto del día no suelen siquiera escucharme y siempre me encuentran en mi habitación, con la mirada fija o dibujando cada detalle de las hermosas estatuas del cementerio que alcanzo a ver desde mi ventana. Todavía no sé por qué me quedo mirando algo, no sé qué me atrae tanto. Siento que me sumerjo en una especie de laberinto y no hallo la salida en medio de una espesa neblina.

Anoche bajé a la cocina a tomar agua. Me quedé observando los azulejos con teteras azules pintadas, que hacían juego con el tapizado de las sillas. Creo que no había prestado atención a ese detalle. Por eso mamá pasó tanto tiempo trabajando en la decoración de la cocina.

Solo recuerdo las pequeñas teteras azules pintadas en los azulejos. No recuerdo nada más. Dice la asistente social que los bomberos me encontraron parada frente a la casa en llamas, descalza y con mi abrigo rojo. No sé cómo salí. Nadie más lo hizo. Tampoco entiendo del todo cómo se inició el incendio.

Los peritos señalaron en su informe que es muy probable que un cortocircuito al encender la luz de la cocina causara el incendio. Era una casa antigua y la instalación eléctrica tal vez se encontraba en mal estado. Puede ser, aunque no parecía necesitar reparaciones. Era perfecta para nosotros.

Naranjo en flor

Sentía los pies un poco más aplomados de lo usual. El calor y esos kilos envejecidos ejercían sobre él un efecto negativo y no le dejaban olvidar que sus ochenta años estaban cerca, muy cerca. Pero no sentía, como otros de su generación, que la muerte le acechara. Deseaba vivir, aunque muchos pensasen que no tenía demasiadas razones para hacerlo.

Arrastró por todo el patio su amarilla y vieja silla playera. Y llegó hasta el naranjo, que por esa fecha ya estaba en flor. Acomodó el almohadón para no sentir que a la silla le faltaban algunas cintas y ya merecía su jubilación. Y ahí depositó sus cansados huesos. Eran días tristes para Silvano, se acercaba el aniversario de la partida de Catalina, aquel día en que todo perdió gran parte de su color. Todavía extrañaba su voz, su olor, su risa un tanto particular. Habían vivido tantos años juntos, miles de días de todas las tonalidades, de los bellos y de los otros, pero que no horadaron para nada su apego.

Respiró. Llenó sus pulmones de aire acompañado del aroma de flores. También su mente se inundó del dulce perfume de los mejores momentos de su vida, esos que le demostraban que había vivido, y bien, sin enemigos, más amigos de los que pudiera recordar, y una envidiable mujer de ojos penetrantes, piel tostada y una personalidad etérea que lo hacía sentir entre nubes.

Le faltó un hijo. Así lo quiso Dios, o la naturaleza, vaya a saber quién en realidad fue el responsable de que no acunara un retoño entre sus brazos. De haber sido diferente su suerte, en domingos por la tarde como este, estaría acompañado por nietos, por una familia que se evaporó cuando su mujer exhaló en su cama, en paz.

Aunque Catalina decía que lo mejor que le había pasado en la vida fue bailar con él en aquella fiesta, Silvano sabía que un niño hubiera completado su felicidad. Ella ocultó su lobreguez para no hacerle sentir mal. Él la comprendía, solo que no hablaba mucho. Un hombre criado en una hacienda bajo el cetro de hierro de su padre no sabía expresarse muy bien. Pero su mujer lograba decodificar esas miradas, esas sonrisas, esos gestos. Las palabras no eran necesarias.

Enfrascado como estaba en el pasado, de pronto sus pensamientos se diluyeron en el aire cuando los canarios se alborotaron. Los observó, intentando saber la razón de semejante escándalo. Quizás un gato se acercaba para hacer de las suyas. Aunque no usaba anteojos —cosa extraña para alguien de su edad—, ya no veía como antes. Con una mirada rápida al patio y los techos, no logró saber qué les ocurría a sus emplumados compañeros, que permanecían en una gran jaula arrimada a la pared de la vieja casa, una espléndida demostración de la buena construcción en épocas de vacas gordas.

Recordando las recomendaciones de Catalina, que repitió más de una vez que a los animales y a las plantas se les habla porque entienden de cariño, Silvano abandonó la comodidad de su silla y se acercó a la jaula, construida con sus manos cuando los pájaros aumentaron y su mujer se negaba a desprenderse de ellos.

«¿Qué les pasa a mis pajaritos? ¿Es el calor? Les traeré agua fresca para un buen baño», dijo, y caminó lento hacia la cocina para llenar una jarra con agua. Adentro la temperatura era otra y por un instante pensó en quedarse. Mas el perfume del naranjo en flor y la posibilidad de que algún vecino atinara a pasar y se detuviera a charlar un poco fueron más fuertes. Silvano no tenía mucho para contar y no le sobraban las palabras, pero le gustaba escuchar las novedades del pueblo, que eran pocas, aunque siempre bien decoradas con detalles por los aburridos pobladores. Y el anciano se entretenía, reía incluso en la soledad de la casa, horas después de los encuentros con sus vecinos.

Optó por beberse un vaso con agua y, de paso, se dejó seducir por una enorme manzana. La olió y tomó un cuchillo. Otrora, solo bastaría lavarla, pero hoy sus dientes no le permitían un gran mordisco. Si el clima ayudaba, podría saborear en la próxima estación unas naranjas de su propio patio. Habían plantado el árbol cuando llegaron a la casa y este fue testigo de los muchos inviernos de la pareja.

Vertió el agua en el bebedero de los pájaros, aún intranquilos, dejó la jarra al borde de la ventana y emprendió su regreso a la sombra del naranjo, que a las tres de la tarde no era muy grande, aunque suficiente para su silla y su viejo esqueleto. Y sentado, cómodo, peló lentamente la fruta y la disfrutó. El cuchillo cayó al suelo cuando sintió una punzada en el tobillo derecho. Un ardiente fuego ascendió con rapidez por su pierna, mientras lograba ver que aquello que se movía entre los pastos era una serpiente. Logró distinguirla, y con ello también saber cuán grave era su situación. Nada más. Su tobillo ya estaba rojo cuando intentó pararse.

Sus años y sus kilos se aliaron al veneno, transformándose en la peor de las traiciones. Y sin embargo intuía que aún podía ganar esta guerra. Si conseguía atravesar el patio y llegar a la vereda, tal vez tendría la oportunidad de pedir ayuda a los vecinos. En el silencio del pueblo su voz se escucharía y alguien atinaría a llevarlo en un auto hasta el hospital de la ciudad, y es que a esa localidad el médico solo iba una vez a la semana. Ambulancia no había, nunca hubo.

Sentía que el veneno recorría sus venas. Intentó moverse, mas no logró vencer a la triple alianza. Quiso gritar, pero sus cuerdas vocales no respondieron. También se habían unido al complot. Percibió que eran minutos, quizás solo segundos, los que le restaban. Y escuchó los canarios, que no se tranquilizaron a pesar de que el enemigo ya estaba lejos, tal vez expresando su angustia por no haber logrado que Silvano advirtiera la presencia de la mortal visita.

Reclinó su cabeza en la silla y se dejó encantar otra vez por la hermosura del naranjo en flor. Su blancura y aroma penetraron en su ser. Pensó en

Catalina, y una paz inmensa le hizo olvidar todo lo demás. Y respiró, por última vez.

Inmóvil

Abrió la puerta y, con una sonrisa de comercial de televisión, recibió a su siguiente paciente. Ni un examen detallado permitiría encontrar una mancha o arruga en su ropa. El perfume que emanaba embriagaba el aire. Patricio Miranda siempre era agradable y respetaba esa delicada línea que lo separaba de aquellos que acudían a él en busca de ayuda, apoyo, un sentido para continuar, para sobrellevar los problemas, para vivir.

Aquel martes las frases de los pacientes eran goteras que repicaban en el mismo lugar. Remachadas palabras que chocaban contra sus oídos y lo atravesaban como cada semana. Y entonces llegó Lucía Britos de Mateo, mujer que en edad podría ser su madre, aunque no se parecía en nada a la suya. Los perfumes se abrazaron en el aire, como cada martes a las seis de la tarde. Y, como cada martes, el tema predominante en el diálogo fue el esposo de Lucía. A pesar de ser engañada, continuaba presa en su cárcel de oro, por más que Patricio le repetía:

—Lucía, no hay camino que no puedas encontrar. Solo tienes que despegar, salir a buscarlo.

Siempre en la lucha por sentirse feliz, Lucía no era capaz de encender la llama interna que se fue apagando muy lento, de una forma casi imperceptible. Necesitaba descubrir el propósito de su vida. Tenía que decidir para luego actuar. A pesar de tantos años de infelicidad, dorada, pero infelicidad al fin, no lograba reunir las fuerzas suficientes para escapar de su jaula, dorada, pero jaula al fin.

Y ahí, como si llevara las llaves de la pajarera en sus manos, entraba Patricio en su historia. Tenían dos años de relación psicólogo-paciente. Fue una herencia de Simón. Varios pacientes habían pasado a ser atendidos por el joven cuando su padre se retiró, bastante cansado de escuchar las penas ajenas, pero con los bolsillos abultados y varios libros publicados que le dieron fama.

Despidió a Lucía y solo pudo sentarse, mirando el monitor de la computadora, sin mover siquiera un dedo. Estuvo absorto por unos minutos, hasta percatarse de que Marta golpearía la puerta en cualquier momento para preguntarle si necesitaba algo más, y se despediría hasta el día siguiente. Estaba en su trabajo y tenía que trabajar, era su consultorio y tenía que actuar como el psicólogo de prestigioso apellido que era.

Hizo algunas anotaciones en el archivo de Lucía, con interrupciones en las que en su mente sellaba el pasaporte y viajaba lejos, con destino a una grandiosa sala de conciertos donde él era el protagonista. Él, único, diferente a su familia.

Sentía voces, con certeza de pacientes de los demás profesionales que completaban el piso, algunos excompañeros de estudio con quienes forjó tal amistad que los convenció de continuar juntos al ejercer. Al cabo, no eran competencia, pues cada uno se especializó en un área diferente. Se complementaban en realidad.

Patricio no ignoraba que era solo cuestión de atravesar la puerta y tendría personas con quienes conversar. Sin importar los que respiraran a su alrededor, se sintió muy solo.

Atosigadores pensamientos le atravesaron la mente, proyectiles encendidos que lo quemaban. *¿Cómo puedo sentirme solo? ¿Cómo no tengo quién me espere al llegar a casa? ¿Por qué no he encontrado las fuerzas necesarias para vivir como quiero?*, se interrogó. Una vez más.

Y de nuevo pensó que estaba en el lugar equivocado. Sus fibras no pertenecían a ese bien decorado consultorio, donde otros buscaban respuestas que él no tenía siquiera para sí. Irónico. Todavía no entendía cómo había llegado hasta allí. Ganaba bien, sin duda. Tenía una buena casa y un gran auto que aún pagaba. A pesar de que el mundo pensara que él disfrutaba de todo —sin aceptar las propiedades que su familia aún tenía la intención de obsequiarle—, un profundo agujero en el pecho lo acompañaba y le arrebataba las ganas de vivir. Le urgía recuperarlas.

Miró por la ventana; ya comenzaba a anochecer. Recordó su sueño, aquel divague recurrente de tocar el violín para un gran público, en un magnífico escenario. Volvió a soñar, aunque fuera por unos instantes, aunque fuera una distracción casi narcótica que no lo llevaba a ninguna parte. Allí estaba, era un joven con mejillas de bebé y perfecto cabello haciéndose trampa al solitario. Tal vez estaba destinado a no lograr moverse. Oscuros nubarrones se instalaron en su mente, una tormenta de pensamientos la plagaron ante la posibilidad de permanecer en el mismo lugar por lo que restaba de su vida, mucho más de la mitad.

Médico, cúrate a ti mismo, pensó, recordando las palabras de Jesús de Nazaret. Él, que minutos antes le había remarcado a Lucía que tenía que desplegar sus alas y atreverse a cambiar su vida, necesitaba aplicarse el ungüento que recomendaba… Y se compadeció de sí mismo. *Soy un gran fracaso*, se dijo.

Abrió el cajón de su escritorio con una pequeña llave que siempre llevaba consigo, un amuleto… de mala suerte. Allí los frascos le proporcionaban un arcoíris sin necesidad de gotas suspendidas en la atmósfera. Los fue abriendo uno a uno, mirando el tamaño y color de cada medicamento. Eligió la droga más fuerte y formó algunas figuras con aquellas pastillas blancas, pequeñísimas. Se sintió niño por unos segundos, jugando con lo que podría ser su boleto al fin, o quizás un comienzo en otro lugar inimaginable.

Sabía la cantidad exacta y el tiempo que se requeriría para que nadie pudiera interferir en su decisión. Sus dedos se entretuvieron, mientras intentaba encontrar razones para que esas minúsculas criminales no llegaran a su torrente sanguíneo. Las contó, era consciente de que tenía mucho más de lo que necesitaba. Y también de que si las tomaba al llegar a su casa, notarían su ausencia recién a la mañana siguiente, a la hora de atender su primera paciente de los miércoles. Un buen *whisky* lo ayudaría a tomarlas todas con solo algunos tragos. Y lo demás sería solo cuestión de tiempo.

La bocina de un impaciente automovilista en la calle aledaña a su consulta lo extrajo de aquella espiral de agonía. Sintió la pesadumbre de semejantes pensamientos, negros, demasiado oscuros. Aunque tenía que admitir que no era la primera vez que se sumergía en esa agua lodosa que lo inmovilizaba. Estaba sin cartas y ya no repartían más. La partida parecía haber terminado. Miró las pastillas y las devolvió una a una a su frasco; las contó otra vez. Y volvieron al cajón del escritorio, el cual cerró con llave.

Sirvió agua y tomó un trago; una pieza de hierro bajó entre los apretados músculos de su pecho. Apagó la computadora, recogió su abrigo y atravesó la puerta. Con rostro agotado, sonrió a Marta.

—Hasta mañana, Marta. Que descanses.

—Hasta mañana, doctor Miranda.

Bajó por las escaleras. El ascensor lo sofocaba, al igual que el legado profesional de su familia, repleta de seres exitosos que no le dejaban otra opción que seguir la tradición de su apellido.

Llegó a la vereda y el aire fresco le coqueteó, acariciando su cara. Cada una de sus células se sintió aliviada por la profunda respiración. Y entonces fue un poco él, aunque sea un poco. Fuera del consultorio y alejado del respaldo de un título que le permitía repetir algunas fórmulas que no funcionaban en su persona, se transformaba en un hombre sin apellido, en solo un ser algo tímido. Sus uñas atacadas por la inseguridad lo dejaban en evidencia. No era necesario que expresara siquiera una palabra.

Para cualquier otra persona no hubiera resultado tan difícil liberarse de las cadenas de una profesión que no lo apasionara. No así para Patricio, aunque sus ganas de existir se estuvieran evaporando. Tal vez mañana tendría fuerzas para extirpar ese tumor que crecía en su mente.

Aquella noche

Puse dos pantalones, tres buzos, calzoncillos, mis botas —esas no las dejaba ni loco. El Juancho me las agarraba y no sobrevivían. El gordo rompía todo, tenía dientes en las patas—. Agregué una toalla y un jabón, por si encontraba algún arroyo para bañarme. Seré pobre, pero limpito. También me robé medio pan de la cocina, por si me daba hambre en el camino. Metí todo en mi bolsa azul y la escondí debajo de la cama, hasta que se hiciera la noche.

Salí despacio del cuarto, tratando de no hacer ningún ruido. Fue difícil, teniendo al Juancho y al Eduardo durmiendo en el mismo cuarto. Pero yo había tomado mis precauciones: dejé la ventana bien abierta, con la excusa del calor. Además, con tanto trabajo, todos cayeron muertos y ni los mosquitos los hicieron moverse. Hasta yo tuve que hacer un esfuerzo grande para no dormirme. Pero me prometí a mí mismo que me iría y me fui.

—Vamos, Cala, vamos —dije casi susurrando a mi perra. No iba a dejar a mi mejor amiga. Seguro me la maltrataban, seguro nadie le daría de comer a la pobre. Los otros perros ni se movieron. Ella ni dudó, ni se preguntó a dónde íbamos. Yo sí me pregunté a dónde iríamos a parar, pero no estaba dispuesto a seguir trabajando como mis hermanos, unos *abombados* que *laburaban* como burros para mantener a los vagos que vivían en casa. Nunca vi al marido de mi hermana mover un dedo, y el hermano de mi madre tampoco se molestaba mucho en ayudar con los animales. ¡Eran unos atorrantes! Pero yo no era estúpido, no iba a trabajar para ellos.

Más de una vez mi madre me dio con el *rebenque* por el lomo por no querer darle la plata que me pagaron por algún trabajo, especialmente cuando ayudaba a hacer chorizos en la carnicería del pueblo. No bastaba con traer toda la carne que me daban, también tenía que darle la plata. A veces no me dejaba ni para comprarme alpargatas ni para ir al baile de la escuela.

—Diego no encuentra trabajo. Un muchacho de pueblo no sabe de trabajos de campo. Tendrían que irse a la ciudad, pero tu hermana no quiere. Y tu tío Isabelino está enfermo, no puede trabajar. Pero ya podrá —decía mi madre, siempre excusando a esos dos que se la pasaban tomando mate bajo los árboles o tirados en la *catrera*. Solo se apuraban a sentarse a la mesa, como dos hijos de estancieros que están para que los empleados los sirvan y disfrutar de la buena vida.

—Pero, mamita, son unos vagos incapaces de arrear una oveja. ¡No se mueven ni que vengan hacheando cabezas! —le respondí una vez a mi madre y recibí un *rebencazo* en la cara.

Desde ese día traté de guardarme mis opiniones; no siempre lo conseguía, más bien ganaba alguna marca en el cuerpo y un poco más de rabia. Y desde ese día también anidó en mi cabeza la idea de irme. Me fui muchas veces en mi imaginación, hasta aquella noche, cuando el mugriento de Diego se comió todo el asado que quedaba. Ni siquiera pensó en dividir para que los *gurises* y yo comiéramos. ¡Lástima que no se atragantó con un hueso! ¡Qué se va a atragantar! ¡A ese ni la muerte lo quiere!

Así que fue mejor irme. En alguna estancia querrían a un muchacho de catorce años con muchas ganas de trabajar, fortachón y bueno con el caballo. Lo que no sabía, seguro lo podía aprender. Yo siempre aprendí rápido, eso decía mi padre, que no aprobaba lo que pasaba en casa, pero abría la boca solo para comer. Después de que le robaron la plata que estaba ahorrando para comprarse un campito y dejar de ser empleado, ya no fue el mismo. Casi no hablaba, solo para decirnos qué teníamos que hacer. Su espíritu fue una vela que se apagó con lentitud.

Yo creo que fue el Diego. Ese, además de vago, es un *ratero*. Me acuerdo que después andaba de botas nuevas y una camisa a cuadros. Y se desapareció como un mes, con el cuento de que iba a ver a la madre. Si no se acordaba nunca de la pobre vieja. Y le trajo un vestido a mi hermana, que estaba contentísima con que el marido hubiera vuelto. Seguro se gastó toda la plata en juerga y después, cuando no le quedó ni un peso, volvió a que le matáramos el hambre de nuevo.

Al pasar la portera, me pregunté si estaba haciendo bien, pero ya no había vuelta atrás. Si me quedaba, seguiría en las mismas. Y si mi madre se enteraba de que intenté irme, me iba a dar flor de paliza. Ya estaba afuera de la casa, así que tenía que recorrer el camino hacia otro lugar, aunque no supiera cuál. Años más tarde comprendí que así se hacen los hombres, a fuerza de tragar su rabia y echar *pa' lante*.

Comencé a caminar hacia el este, rumbo a la estancia de don Hernández. Ese viejo desgraciado nunca había sido muy bueno, así que no sabía si sería bien recibido. Pensé en pasar a pedir algo de comida al amanecer, pero después me di cuenta de que no era buena idea. Segurito que mamá mandaba al Juancho a preguntar por mí cuando se dieran cuenta de mi huida, y entonces sabría para qué lado había agarrado.

Menos mal que no estaba tan oscuro —las estrellas y la Luna me dieron una mano aquella noche— y, aunque hacía calor, yo tenía frío. Creo que era el *cagazo*. Estaba acostumbrado a andar por los campos, pero nunca solo por la noche. Alguna vez volvimos tarde con mis hermanos de la feria del pueblo, pero éramos tres. Menos mal que Cala me acompañaba. Hice bien en llevármela, además tenía con quién conversar. Sabía que ella me entendía.

Ya estaba cansado. No sé cuánto llevaba caminado entre las chilcas. Me parece que habían pasado como dos horas. Tal vez ya era medianoche. ¡Qué *mala pata* no tener reloj!

Ver la estancia de don Hernández me hizo entender que en realidad no llevaba muchos kilómetros recorridos. Los malditos perros no me conocieron y salieron a torearme. Es que de noche los bichos están más en guardia, desconfían más. Los desgraciados me hicieron correr. Si no es por Cala, uno negro grandote se me prende de la pata y me arranca un pedazo. Esa perra fue mi gran compañera en ese y numerosos otros caminos recorridos. Fuimos inseparables por muchos años.

Resolví agarrar por la ruta, no habría perros y tal vez conseguiría *tiraje* con algún camión. Cuando ya no me daban más las patas, sentí que era momento de descansar. Y la noche se había tornado más oscura. Las nubes me jugaron una mala pasada y ocultaron la lumbrera. El puente de madera sobre el arroyo fue la respuesta a mis oraciones. Creo que esa noche Dios me cuidó muy bien. Nos metimos debajo del viejo puente y lo primero que hicimos fue tomar agua. ¡Oh, estaba fresquísima! Estábamos locos de sed. Y también me descalcé y metí las patas en el agua.

—Ay, Cala, tendríamos que estar en casa durmiendo y no debajo de un puente. Pero no me quedó de otra, mi bicha linda, no me quedó de otra… Yo sé que vos me entendés. Yo no le hago asco al trabajo, pero no soy un burro de carga para *laburar* para otros. Quiero juntar plata para comprarme un caballo, tener buenas botas y un lindo pantalón para ir al baile, no andar con unos zurcidos. Y algún día tendré mi propia tierra, aunque sea un pedacito. Tener unos animales, plantar algo. No quiero ser empleado toda la vida, como mi padre, aunque ahora tenemos que conseguir un trabajito para tener dónde quedarnos y ganar unos pesos. No vamos a pasar todas las noches bajo el puente, ¿no, Cala? Eh, mi bicha linda.

La perra se transformó en una gran bola de pelo a mi lado, casi una manta de color chocolate. No era por frío, creo que más bien quería hacerme compañía, mostrarme sin palabras que no se iría. Puse la bolsa de almohada y abracé a mi peluda compañera. Quería dormir, aunque fuera un rato, pero las lechuzas no me dejaban *pegar un ojo*. Cuando dormitaba, me hacían saltar del susto. Estaba con Cala y sabía que ella me cuidaba, pero la oscuridad y la posibilidad de que alguien apareciera no me dejaban dormir mucho. El arroyo me arrulló y me fui tranquilizando lentamente, hasta que el sueño me venció, tal vez por las horas de caminata.

No sé si fueron las primeras líneas de luz o el dolor en las patas, pero me desperté cuando comenzaba a amanecer. Tenía que seguir, perdí mucho tiempo descansando. Quizás mi padre ya se había percatado de que no estaba en la casa y me estaban buscando, y mi madre seguro que tenía el *rebenque* en la mano esperando a que apareciera. Mejor me apuraba a alejarme un poco más de la casa.

Mientras comía un pedazo de pan, sentí que recuperaba mis fuerzas. La noche ya había pasado, la primera solo. Caminé otras leguas, hasta que un camionero aceptó llevarme hasta un campo grande de remolacha. Estaba lejos de casa y ahí precisaban empleados. Solo mostré mi cédula y me contrataron por la zafra, sin hacer preguntas. Eran otros tiempos.

Esa fue mi primera parada, la primera de muchas. Cuando estuve muy lejos, le escribí a mi madre.

Máscara

Sin quejas ni maldiciones se levantó a las cinco de la mañana, como lo hacía todos los días de la semana. Le dedicó un buen tiempo a su maquillaje y logró, como siempre, que pareciera venir de la mano de un profesional. Su peinado también resultó perfecto.

Ni bien se abrió la puerta del ascensor, el perfume Chanel le golpeó la cara. Allí estaba la señora Emily Spencer, acompañada de su Odella. Carla le dio los buenos días y le preguntó por la salud de la perra, que desde la semana anterior estaba con diarrea.

Luego de aquella breve charla, esa que puede tenerse mientras se baja desde el quinto piso, se despidió de su septuagenaria vecina y atravesó el *hall*, haciéndose escuchar con sus altísimos tacones que resaltaban aún más su figura. Y salió a la calle con ese aire que solo tienen aquellos que saben lo que quieren de la vida. Sus pasos seguros lo reflejaban, aunque su sonrisa no la dejaba caer en la soberbia.

Tomó un taxi que en pocos minutos la llevó al gigantesco edificio del banco en *downtown*. Su oficina se ubicaba en el décimo piso, y eso le daba tiempo a encontrarse con varias personas en el ascensor. —*How are you, Carla? Did you have a good weekend?* (¿Cómo estás, Carla? ¿Tuviste un buen fin de semana?) —preguntó Scott, de Marketing, sabiendo la respuesta. Aquel barrigón pelirrojo le resultaba muy simpático. Su chueca corbata siempre le robaba una sonrisa. —*I'm fine, thank you. Nothing special, same old stuff. What about you?* (Estoy bien, gracias. Nada especial, lo mismo de siempre. Y tú ¿cómo estás?) —respondió la mujer, sin dejar que ninguna palabra revelara verdaderos detalles acerca de ella. Salió triunfante del ascensor.

Saludó a todos los que encontró en el camino y a todos les dedicó unos minutos.

El almuerzo no fue tranquilo. Ni bien se colocó la servilleta en la falda, Paul se sentó sin preguntar si Carla quería compañía. Así que comió su ensalada con pollo a la plancha —en un táper que parecía recién salido de la tienda— mientras escuchaba a su colega contar, con todos los pormenores, los trajines de su divorcio y la disputa con su exmujer por la pensión alimentaria de sus tres niños.

—*And you? How come you never look worried? Well, must be because you live alone, so you enjoy your freedom and peace of mind, right?* (Y tú, ¿cómo haces para no estar preocupada? Bueno, debe ser porque vives sola, así que disfrutas de tu libertad y tranquilidad, ¿no?) —dijo Paul.

—Dear Paul, there is no human being in the world who does not have problems. We all have some, but we don't have to worry too much, we have to let the energy flow so that matters take the best possible course. And tell me, how is your mother's health? (Estimado Paul, no existe ser humano en el mundo que no tenga problemas. Todos tenemos alguno, pero no hay que preocuparse demasiado, hay que dejar fluir la energía para que los asuntos tomen el mejor curso posible. Y dime, ¿cómo está tu mamá de salud? —preguntó.

Paul nuevamente zambulló a Carla en sus asuntos, hablando sin parar. Carla lo escuchó con atención, sin abandonar su ensalada.

—I'm surprised you don't order food or go to a restaurant like other executives do. Since you're single and don't have a family, you can probably fit it in your budget... (Me sorprende que no ordenes comida o vayas a un restaurante como hacen otros ejecutivos. Siendo soltera y sin familia, seguro entra en tu presupuesto...) —dijo Paul, y le dio finalmente otro bocado a su sándwich.

Carla solo sonrió. Paul tragó y acotó:

—Oh, sorry, I didn't mean to pry into your personal life. I know you are very reserved, and I respect that. (Oh, disculpa, no quise inmiscuirme en tus asuntos personales. Sé que eres muy reservada y lo respeto).

—You don't have to apologize. It's just that I don't trust restaurants. You never know how they prepare your food. Plus, going out, ordering, eating, and coming back takes a lot of time. I often eat in my office while I work. (No tienes que disculparte. Es solo

que los restaurantes no me inspiran confianza. Nunca sabes cómo preparan tu comida. Además, salir, ordenar, comer y regresar implica mucho tiempo. Muchas veces como en mi oficina, mientras trabajo).

Paul terminó su sándwich y las únicas palabras que pronunció fueron «*see you later*» (hasta luego).

Al marcar las cinco, Carla guardó sus pertenencias. Por lo general, no trabajaba tiempo extra. A pesar de las horas transcurridas y una jornada ajetreada, su maquillaje permanecía intacto. Un par de retoques en el baño mantenían todo perfecto.

Demoró en encontrar un taxi, y eso la puso intranquila. Pero rechazó el ofrecimiento de Paul de llevarla hasta su apartamento, y lo hizo de tal forma que su ahora divorciado colega ni siquiera se molestó por el desplante.

El señor Jones corrió a abrirle la entrada del edificio ni bien la vio descender del taxi y la recibió con una sonrisa. Carla conversó con el conserje por unos minutos sobre el clima y otros asuntos, sabiendo que aquella breve plática era apreciada por el anciano.

Al atravesar la puerta de su apartamento, Carla respiró profundamente. Dejó sus zapatos a un costado, caminó unos pasos y depositó la cartera y el portafolio sobre un mueble. Avanzó hacia el baño, lavó sus manos y se desarmó el rodete. Volvió a su mundo privado, sacándose la máscara que llevó durante todo el día y que la convertía en un ser casi perfecto.

Sonrió al ver a Alex. Cuando tomó a su hijo de los brazos de la niñera, fue ella misma. Ya estaba con el ser con quien quería compartirlo todo, el que hacía que todo tuviese sentido.

—¿Cómo estuvo tu día, Carla? —preguntó Sara, con su marcado acento colombiano.

—Muy bien, con el entrometido de Paul haciendo sus preguntas y comentarios —dijo y largó una carcajada.

—Algún día tendrá que saber de Alex.

—Pienso mantenerlo así lo más que pueda —dijo, abrazando a su niño y dando vueltas para hacerlo reír.

—Lo entiendo y respeto. No se me olvida nuestro acuerdo. Solo que debes preparar una respuesta para cuando lleguen las preguntas, especialmente de tu secretaria. Estará muy molesta cuando se entere.

—Entonces buscaré una nueva secretaria…

—¡Ay, qué dura! Mi querida Carla, algún día se enterará… Y me refiero a Alex, no a tu historia con su padre.

—Sí, lo sé. Pero me prometí que, al llegar a New York, mi mundo sería solo mío, privado. Y esta ciudad ayuda, porque nadie se mete con nadie. Bueno, excepto por Paul —dijo, riéndose por un buen rato.

Luego puso a Alex en la alfombra, con sus juguetes. Caminó a la cocina.

—¿Nos preparamos unas margaritas?

—Solo una, porque tengo que llegar a mi casa. Aunque mis hijos ya se cuidan solos, me gusta estar en casa para la noche.

—Dale, solo una… O dos —dijo y rio.

—¿Y este tipo nunca dio señales de vida?

—¿Quién?

—El padre de Alex.

—No hubo ni una excusa rebuscada o una explicación inventada, simplemente me escribió un mensaje de texto y desapareció. Nunca respondió a mis llamadas, solo se evaporó. Pero lo conocí a través de una red social y eso tendría que haberme dado señales de que era un juego de adolescentes, aunque ninguno de los dos lo era. Mi mente me dijo varias veces que era una ilusión, pero le puse un bozal y la mantuve en silencio. Quería vivir esa historia de telenovela, y creí en las palabras dulces de Luis, en su relato de tristeza, en su papel de hombre herido por una cruel mujer tras siete años de matrimonio.

Tomó un sorbo de margarita y continuó:

—Me lancé hacia una trampa construida de imaginación, de pequeños bloques de charlatanería. Y cuando tuve a Luis por primera vez frente a mí, él se sabía muy bien sus líneas. Seguro ensayó su historia en otros escenarios, por eso el papel le quedaba bien, tan bien como ese traje negro que vistió cuando acordamos conocernos en persona. Todavía me parece sentir su perfume y ver su postura de caballero...

—Ay, las mujeres a veces nos dejamos enamorar. ¿Y tus padres todavía no saben de Alex?

—No, me fui antes de que se notara. Ni mis padres ni mis amigos. No supe cómo explicarles lo sucedido... Me sentí inmadura y estúpida, nunca tuve el valor.

—Diles la verdad, Carlita, que los secretos son malos. Van a estar felices de tener a Alex.

—Sí, tengo que cobrar valor y hacerlo.

—Y ¿qué pasó con el tal Luis?

—El juego llegó a su final. Ya había alguien en su vida y no existía lugar para Carla. Como una adolescente, lloré abrazada a mi almohada, pagué el precio por una historia infantil. Dejé Buenos Aires y me fui donde nadie me conocía. Me conseguí una beca y me vine, sin muchas explicaciones.

Sara sacudió la cabeza y tomó el último sorbo de su margarita.

—Me voy, que ya es tardísimo. Otro día me cuentas cómo le hiciste para ocultar todo esto. ¡Pero quiero detalles! Que esto parece un verdadero culebrón colombiano —dijo riendo mientras se cruzaba la cartera.

Carla le agradeció la plática y, tras despedirse, quedó pensativa. Sara y el señor Jones eran los únicos que sabían de Alex. En realidad, la señora Spencer también lo sabía, aunque jamás dejaría sus buenos modales para hacer preguntas o hablar del asunto. Ya tenía suficiente con lidiar con sus propios secretos.

Miró a su niño a los ojos y tomó su celular. Era momento de quitarse su máscara.

La muerte de don Pancho

Lo más comentado en el velorio de don Francisco Pereira Dáscola era el barro en los zapatos que arrastraban los asistentes, que llegaban, se saludaban entre sí, y esperaban que algún pariente hiciera acto de presencia. Llovía desde hacía tres semanas y el cielo no mostraba señales de querer aclarar. Alguna vieja religiosa del pueblo decía que se trataba del diluvio, pero Dios estaba tan ocupado en otras partes del mundo que se le olvidó avisar para que los buenos construyeran el arca. Así que, si su teoría era correcta, nadie se salvaría en San Antonio.

Pero la muerte de don Pancho cambió el tema de conversación. Las doñas dejaron de hablar de la lluvia y de la ropa con olor a humedad para dar paso a algo más profundo: cómo murió aquel ser que todos conocían... de vista. «Llevaba siempre sombrero de paja», mencionó alguien. «Y unos lentes culo de botella», acotó otro. El almacenero juró que no dejaba viuda, y que lo sabía porque don Pancho mencionó alguna vez que nunca se casó. De hijos, nadie sabía nada, aunque podría haber alguno desperdigado por ahí.

El cura se cansó de preguntar dónde había nacido, necesitaba letra para no pasar vergüenza en el velorio. El «era una fiel oveja católica» no era suficiente, así que, además de ver la partida de nacimiento, en manos del comisario, le pidió permiso para entrar a la casa, a fin de conocer cómo vivía don Pancho. Así pudo decir que era un hombre limpio, ordenado y que su gato —ahora en manos de doña Raquel Huidobro de Ramos, quien accedió a quedarse con el animal— lo extrañaría muchísimo.

Siempre hubo alguien acompañando el féretro, velado exactamente durante veinticuatro horas en el centro comunal, porque la funeraria carecía de un edificio en el pueblo. Algunas sillas de plástico blancas se colocaron alrededor del cuerpo y otras contra la pared. La puerta permaneció abierta incluso en la noche y el cajón con velas alumbrando los extremos se podía ver desde la calle.

La corona, apostada en la cabecera del ataúd, había sido pagada por don Pancho, quien tomó todos los recaudos pertinentes años atrás, según comentó la secretaria de la municipalidad, quien se enteró por boca del funebrero.

La lluvia torrencial disfrazaba las conversaciones, mezcladas con el olor de los claveles. «Yo creo que era retirado militar, de esos que tuvieron cargo, porque tenía buena jubilación», le comentó a la limpiadora del centro comunal la enfermera que le tomaba la presión a don Pancho una vez al mes en la policlínica municipal.

«La enfermera dice que era un coronel retirado, de esos que tenían buena jubilación, por haber trabajado durante los años bravos de la dictadura militar», dijo la limpiadora del centro comunal al dueño del *bolichito* donde el pueblo se surtía de gasolina.

«Era un militar de la dictadura, seguro un torturador, por eso no hablaba de su pasado y nadie lo visitaba. La familia lo debe haber abandonado, tal vez porque lo estaban investigando por las muertes durante la dictadura», dijo el dueño del *bolichito* a uno de sus clientes.

Tres días después del entierro de don Pancho, en el cementerio del pueblo una placa ostentaba su nombre y un «Digno residente de San Antonio». Y salió el sol. El tema de conversación volvió a cambiar y la mayoría se dedicó a abrir las ventanas, lavar ropa y limpiar el barro de los zapatos y las botas. Como el finadito era propietario de su casa, ahora solo quedaba esperar que algún pariente se presentara a reclamar la propiedad. Entonces se podría saber quién era.

Diez moscas

Debo ducharme para el cóctel del comité de apoyo a los niños sordos. Ay, debo esmerarme porque estará Steve y quiero que me vea muy bella, que regrese a su casa con mi figura estampada en sus ojos. Me pondré el vestido granate que me compré para la boda de Luz. Está precioso, pero como el evento de mi amiga será en una viña, no es la mejor elección. Lo estreno esta noche y el fin de semana compro otro más apropiado para la bendita boda.

Bajo a tomar un vaso de agua antes de la ducha. Necesito tomar abundante agua para no comer esta noche y ya de paso perder peso para el bendito casamiento de Luz.

Me sirvo el agua y percibo un zumbido constante, molesto. ¡Ah, qué asco! ¡Hay moscas! Busco con qué matarlas. Tenía un matamoscas por aquí, en este rincón donde puse las cosas que eran del perro. Tengo que decirle a Marita que limpie esta alacena y tire todo.

Ahora van a ver, malditas infelices. Una a una las voy matando, me da más trabajo matarlas de lo que hubiese pensado. Aplasto una en la cortina. Mañana la sacaré para lavar. Ah, no debí darle vacaciones a Marita, pero no podía tenerla en la casa. Necesito pensar qué hacer con Rubén, porque no puedo seguir sin Marita.

Otra la mato en la pileta de platos y echo detergente después de sacar el cadáver con una servilleta. La mayoría las aplasto en la puerta, a donde fueron atraídas por la luz que atraviesa los vidrios. Nada más horrendo que las moscas. Me recuerdan la pobreza y el rancho de mi infancia. Ah, quisiera borrar todo eso de mi mente…

¡Ay, me tengo que apurar! Seguiré con esto más tarde, aunque creo que las maté a todas. Si no, tendré que llamar a un exterminador. ¡Ay, no, no puedo! ¡Nadie puede venir a la casa!

Subo rápido y me meto a la ducha. Bajo el agua pienso en Rubén. Hacía el amor tan rico, pero era tan idiota… Dejar que todo avanzara fue mi error, ahora que le doy más vueltas al asunto. El suyo fue pretender que hiciera pública nuestra relación. ¡Qué disparate! Mis padres no me lo perdonarían jamás. Adiós a mi puesto en la compañía de papá, adiós a mi casa, adiós a mi coche. ¡Jamás de los jamases! Ni siquiera se me pasaría por la cabeza… Y Rubén, pobre Rubén… Arreglaba hermoso el jardín. Pero alucinó que podría presionarme con contárselo a papá.

Ay, menos mal que no me lavé el cabello porque se me hará más tarde. Con un poco de *mousse* y fijador este peinado quedará muy bien. Estupendo para este día de bochornoso calor. Menos mal que el cóctel no fue organizado alrededor de la piscina del club, sino en el salón, porque me derrito. El color rojo de este labial volverá loco a todos, en especial a las mujeres, que destilarán envidia. Ah, no, pero con el vestido granate no irá. Mejor los ojos con sombras entre granate y negro, y un labial claro, casi imperceptible pero que humecte bien mis labios. Este *nude* irá muy bien. Y este perfume me fascina, espero que a Steve también. ¡El vestido me queda espectacular!

Es curioso que nadie haya reportado la desaparición de Rubén, porque no ha salido en las noticias locales. ¿Será que por ilegal nadie pregunta por él? No tenía familia aquí, así que supongo que a nadie le importa. ¡A quién le va a importar un mojado que cortaba el pasto! No era ni un mojado, ¡más bien un seco, porque cruzó el desierto! Qué buen chiste, pena que no lo puedo decir. Nosotros nos vinimos en otros tiempos, cuando solo se cruzaba. Hay una gran diferencia. Y papá siempre tuvo olfato para ver dónde funciona un negocio. Empezó con un *food truck* y hoy tiene una multinacional que produce alimentos. Hay una gran diferencia.

Recuerdo que no tomé el agua, así que bajo a la cocina. ¡Ah, más moscas! Tomo el agua y luego mato otras tres en la puerta. Hoy fueron diez. Voy al bañito de abajo a retocarme el labial.

Camino rápido, pensando si no he olvidado nada. Salgo a la cochera, subo a mi auto y, mientras la puerta se abre, reviso que mi labial esté bien. Necesito una mejor luz en ese baño, para situaciones como estas. También tengo que comprar insecticida para las moscas y pensar en cómo me deshago del cadáver de

Rubén. Ya no tolero las moscas y necesito que Marita pueda volver a limpiarme la casa.

Un día más

La cafetera se apagó. El café estaba listo. Como cada mañana, Alfredo colocó el mantel sobre la mesa. Lo miró con satisfacción: no mostraba ni una arruga. Después fue el turno de la taza, acompañada por el platillo y la cucharita. La servilleta tampoco faltó. Untó las cuatro tostadas y las puso en un plato, dos con manteca y dos con mermelada. Y desayunó.

Abandonó el cómodo pijama de franela, se ocupó de su higiene personal en detalle: cortó sus uñas con meticulosidad y arrastró el peine sobre su cabellera hasta asegurarse de que todo estuviese en su lugar. Luego se vistió para el trabajo. No olvidó tender la cama y dejar su casa en perfecto orden. Ya estaba listo cuando el reloj de la sala marcó que era hora de comenzar su jornada laboral.

Prendió las computadoras; su impecable e iluminada oficina estaba abierta. Sus colegas todavía no habían llegado; el tráfico, la familia, el estacionamiento y todo eso que complica las mañanas.

Él siempre fue el primero en empezar y el último en terminar, y esa fue una de las razones por las cuales consiguió en la agencia de publicidad lo que otros no lograron. Lo avalaba su talento, pero su ética de trabajo lo condimentaba todo.

El día no fue más que lo esperado para un viernes. Todos quieren algo antes del fin de semana.

—Es como si el mundo se acabara y no existiera el lunes en sus calendarios —solía decir cuando alguien se estresaba por los apuros. Como fuera, Alfredo ya estaba acostumbrado después de tantos años dentro de la misma empresa.

Hubo tiempo para el almuerzo, un café a media tarde y una videollamada con Alicia, quien estuvo dispuesta a mantener una interesante charla sobre temas variopintos, que fueron desde la economía nacional hasta las dificultades que enfrentaba en la educación de sus hijos adolescentes.

El pálido hombre se levantó de la silla a las cuatro en punto y cerró su oficina. Nadie lo necesitaría hasta el lunes. El fin de semana de sus colegas era para salir y divertirse, copas con amigos, cenas y almuerzos con la familia. Para Alfredo, una serena pesadilla.

El pedido del supermercado llegó puntual, como siempre. Alfredo era un cliente exigente, pero buen cliente al fin. Saludó al repartidor y el hombre dejó los paquetes en el umbral de la puerta; jamás entraba, nunca le fue permitido. No hubo propina en la mano, estaba incluida en el pago electrónico. Alfredo no tocaba dinero, «la cosa más sucia del mundo, literalmente», repetía. Un saludo y el agradecimiento sincero despidieron al único ser de carne y hueso que vio en la semana. El lunes tendría al muchacho de la farmacia, quien tampoco entraba.

Después se colocó los guantes de goma y se dedicó a limpiar cada uno de los productos que llegaron con un paño humedecido en detergente, y los ordenó, cuidando que ninguno estuviera dañado o vencido. Puso en orden su ya ordenado apartamento de cuatro habitaciones, grande para una sola persona, minúsculo para ser todo su mundo.

Limpió algunos muebles y encontró varios rincones a los que prestarles especial atención. Lustró con fervor una pequeña mesa donde tenía fotos de sus fallecidos padres y de vacaciones por Europa, que habían quedado muy atrás en su memoria. Las contempló por unos instantes. Los portarretratos tampoco escaparon de su dedicada limpieza.

Trotó en la caminadora ubicada en una de las habitaciones convertida en gimnasio, en tanto miraba por el ventanal cómo las luces de la ciudad se encendían y esta entraba en un frenesí sin explicación. Respiró profundo y maldijo en voz alta no estar en ese bullicioso mundo. En el suyo, la música de jazz se escuchaba suavemente.

Tomó un cuidadoso baño. De nuevo se miró en el espejo para descubrir otras canas. Tras la barrera de los cincuenta años, eran enemigas que avanzaban, rastreras, sin piedad. Regó las azaleas del balcón, que la mayor parte del tiempo contemplaba desde el interior del apartamento, y recordó que era noche de lectura y que el menú marcaba pescado con verduras al vapor; los permitidos de la dieta serían para la noche siguiente.

Preparó la cena. El jazz seguía acompañándolo. Se sirvió apenas un sorbo de vino, la cantidad indicada debido a los medicamentos contra la ansiedad crónica, ese desgraciado demonio que lo convirtió en un prisionero y se negaba con ferocidad a otorgarle la libertad. Colocó la mesa: platos, cubiertos y servilletas. Nada faltó. Todo perfecto.

Alfredo se transformó en un buen cocinero después de que dejó de salir a cenar, aunque no podía compartir sus habilidades culinarias, porque tener invitados no estaba entre las opciones. El número de amigos se fue reduciendo con el paso del tiempo, hasta la inexistencia; todos tenían ocupadas vidas, cuentas que pagar, romances y divorcios, hijos grandes y pequeños.

Luego de limpiar con meticulosidad la cocina, se fue a la cama y leyó hasta el cansancio. Habló un rato por teléfono con su hermano y sus sobrinos, quienes lograron, como siempre, arrancarle varias carcajadas con las anécdotas de la escuela. Otra vez les dijo que los amaba y que sentía pesar por no vivir en la misma ciudad, pues estaba seguro de que podrían disfrutar juntos de los fines de semana. Y les repitió su promesa: «Cuando esté mejor, prometo que iré a visitarlos y los acompañaré a las prácticas de fútbol. Haremos muchas cosas».

La noche dio paso a la madrugada y Alfredo por fin se durmió. Un día más sin salir de su casa. Ya no los contaba; había perdido la cuenta.

La mujer diminuta

Era una mujer tan pequeña, que cada mañana hacía un extremo esfuerzo por no caer en la taza de café y morir ahogada mientras lo revolvía. Escalaba uno de los taburetes para sentarse a la mesa en su restaurante favorito cuando le apetecía comerse un plato tradicional español, preparado por un cocinero coreano.

Era una mujer tan pequeña, que sus pasos no se notaban, podía robar el más custodiado diamante y nadie se daría cuenta hasta el día siguiente. Claro que no podía hacerlo, porque… ¿cómo lo cargaría?

Era una mujer tan pequeña, que ni poniendo toda su voluntad para que la vieran, las personas la percibían cuando se cruzaban con ella. De hecho, tenía que moverse muy rápido para evitar que la pisaran. Muchos daban sus pasos por encima de ella sin siquiera notar su presencia.

Era una mujer tan pequeña, que usaba zapatones especiales con muchísimos centímetros de plataforma para llegar al acelerador y al freno, y cuando la gente veía pasar su coche, pensaba que era conducido por un fantasma, porque no veía quién era el conductor. Muchas veces, sentada sobre varios almohadones, debió probarle a la Policía que estaba habilitada para conducir.

Era una mujer tan pequeña, que se casó con un hombre que cargaba siempre consigo una lupa y, gracias a ello, la vio entre la multitud. Y tras observarla con detenimiento, le preguntó si quería estar con un tipo nada particular, más bien regular, que la llevara sobre sus hombros para que no tuviera que esquivar a nadie nunca más.

Era una mujer tan pequeña, que la mayoría no la veía y se perdía la magia de sus ojos, el brillo de su piel, el canto de sus palabras, la brisa de su voz. Era tan diminuta, tan ínfima, que respiraba fuerte para lanzar al aire algo de ella, para ser notada en un mundo demasiado grande.

Día de pesca

El sol les achicharraba la piel, a pesar de los sombreros y la blancura fantasmal del protector solar. Les chorreaban gotas gordas, salitres. Con todo, habían salido de sus casas preparados para un día de intenso calor, sabiendo que el reflejo del agua lo haría infernal. Para el almuerzo ambos llevaron lo mismo: sándwiches de pavo, con una rodaja de tomate y un par de hojas de lechuga. Casualidad. Marcos llevó agua, la conservadora de Pedro solo tenía cervezas.

La mañana fue lenta, sin que nada picara. El río estaba intranquilo, tal vez porque estaba crecido. Solo se escuchaba el canto de los pájaros y el fuerte sonido del agua. La conversación escaseaba. Esta vez el sitio había sido escogido por Marcos. Tras tantos años de pesquerías, tenía fama de conocedor. Y su bote dejaba llegar a la mitad del río, donde se encontraban aquellos dorados que les permitirían enseñorearse, como lo hacen los pescadores.

—Amigo, creo que esta vez hiciste una mala elección —dijo Pedro con una sonrisa en los labios.

—Ah, no te preocupes, ya vendrán, ya vendrán. Tú sabes que conozco los mejores lugares para pescar. Ya verás, nos llevaremos buenas piezas, si tenemos paciencia…

—Pero este lugar te lo tenías bien guardadito, ¿eh? Tres años pescando juntos y nunca me hablaste de esta parte.

—Amigo, amigo, es que esperaba un día especial para la pesca. Este lugar no siempre es bueno, el clima tiene que acompañar para que los peces se muevan a esta parte del río.

—¿Cuándo te vas de viaje?

—Aún no lo sé, creo que el mes próximo. Estoy cansado de viajar, Pedro, no veo la hora de que la compañía entrene a alguien más, algún nuevo que tenga ganas de subirse a un avión, porque mis ganas ya se acabaron.

—Pero la compañía te paga bien por cada viaje, ¿no?

—Sí, es verdad, pero llevo varios años viajando y ya estoy harto. Además, dejo a Claudia sola por muchos días, a cargo de la casa y de los niños. Los años pasan rápido y me estoy perdiendo mucho de mis hijos. Me perdí el festival de primavera de Ignacio, y Armando todavía me extraña mucho cuando no estoy. De verdad, no quiero ser un padre ausente.

—Entiendo, a veces el dinero no es todo. Pero ya quisiera yo que la empresa me mandara a algún lado de vez en cuando, como para cambiar de aires.

—Bueno, hoy estamos cambiando de aires, sin esposas ni hijos que interrumpan la tranquilidad —dijo con un tono risueño.

—Tienes razón, Marcos, disfrutemos este día maravilloso de sol y buena pesca. Bueno, la buena pesca está por verse todavía —afirmó, y ambos rieron por varios segundos. Pedro, como siempre, destilaba un optimismo que ahora irritaba a Marcos, aunque evitaba mostrarlo.

Con las horas, algunos dorados no pudieron resistir la tentación de la carnada: lombrices que los dos hijos de Marcos encontraron en una aventura por el jardín. La promesa de un delicioso pescado relleno a la parrilla y algunas monedas a cambio hicieron posible semejante cacería. Además, era necesario que encontraran suficientes lombrices para ambos pescadores, porque la tierra brillaba por su ausencia en el apartamento de Pedro.

Las cañas estuvieron extendidas por un buen tiempo, hasta que Marcos quebró el silencio diciendo que no resistía más el sol —su rostro pálido estaba comenzando a enrojecer— y propuso llevar el bote debajo de los árboles, cuyas raíces estaban cubiertas por el agua de las recientes lluvias. El río estaba diferente por la crecida y Marcos aseguró que eso atraía muchos peces y garantizó que la pesca sería aún mejor.

Y lo fue, hasta que Marcos intentó volver a extender la tanza en busca de nuevas piezas que irían a parar a la parrilla, llenas de tomates y pimientos.

—¡Maldición! Creo que el anzuelo se enredó en algo, quizás en alguna raíz. ¡Mi mejor anzuelo! —afirmó, con cara de preocupación, mientras intentaba desengancharlo con algunos tirones.

—¿No sale? Me parece que tendrás que cortar la tanza…

—No, ni loco. Era el anzuelo favorito de mi padre. ¿Recuerdas el azul que hizo poco antes de morir? No puedo perderlo.

—Entonces sigue moviendo la tanza, pero no con mucha fuerza porque podría romperse.

Tras varios intentos, a Marcos ya se le cortaba la voz, no podía ocultar la angustia que la posible pérdida le generaba. Su padre había muerto dos años atrás, pero él aún no lo superaba.

—¡Mierda! Me voy a tirar al agua, aunque no creo poder desengancharlo, no soy bueno para tener los ojos abiertos debajo del agua.

—Deja, deja, no te preocupes, yo lo hago. Nado mejor que tú —dijo Pedro, dándole una palmadita en la espalda—. Además, con este calor, un buen baño en el río me vendrá muy bien. Pero el próximo pescado que saques es mío, sin importar su tamaño —agregó entre risas.

Se sacó las botas, el sombrero y el chaleco, que pesaba más de lo normal por tantas insignias de pescador. En un instante se zambulló en el agua, turbia por la creciente.

—¡Está buenísima! ¡Está fresca! A ver si puedo encontrar el bendito anzuelo. Después del almuerzo tendremos que darnos un buen baño —acotó, sumergiéndose en la profundidad del agua.

Marcos tenía los ojos clavados en el lugar y no los movió hasta que Pedro sacó la cabeza del agua.

—No logro verlo. Está difícil, pero no te preocupes, lo encontraré.

—¡Gracias, Pedro! ¡Te mereces el mejor pescado!

Pedro repitió la maniobra varias veces, hasta que emergió de las aguas y gritó:

—¡Algo me mordió, algo me mordió!

Marcos lo miró con cierto espanto, pero no le extendió la mano, sino que, con aires de distracción, tomó los remos y alejó un poco el bote.

—¡Ayúdame, algo me está mordiendo! —gritó Pedro, mientras intentaba nadar, pensado que su amigo no había entendido sus palabras.

Pero Marcos escuchó muy bien. Sabía lo que estaba pasando en realidad. Se alejó un poco más para que Pedro no alcanzara el bote. Deseaba sumergirse con el único propósito de mantener bajo el agua la cabeza de ese traidor, ese maldito traidor que ingresaba a su casa para estar con su esposa cuando él salía de viaje. Pero ese esfuerzo no era necesario. No tenía que mover ni un solo dedo. Estaba al tanto de que las pirañas se encargarían de lo que ya estaban haciendo: atacar. Solo tenía que esperar que la naturaleza concretara lo que él no se atrevía a hacer con sus manos.

La presencia de un cardumen de pirañas de vientre rojo en el río había pasado inadvertida para la mayoría de las personas de la ciudad. Solo los pescadores del lugar sabían de la existencia de esos peces casi desconocidos, mientras que los más entendidos ya hablaban de ellos por su nombre. Pero nadie se ocupaba demasiado, tal vez porque las heridas nunca fueron de importancia. O porque poco sabían sobre las crecientes y los cambios de temperatura sufridos por las tranquilas aguas del río, ahora habitadas por extraños que pretendían adueñarse del lugar.

Marcos esperaba el momento de «hacer algo», como pensaba, para no sentir más que le tomaban el pelo, dejar de ser un cornudo. Su rubia Claudia estaría triste unos días y no podría llorar demasiado ante su presencia por la pérdida de aquel «amigo», pero luego lo superaría. Estaba seguro de eso. Su eterna novia de la universidad, quien dejó su prometedora carrera para casarse con él, ni siquiera sospecharía que sabía todo, que una simple duda lo atormentó por un tiempo y un fugaz pero falso viaje le permitió ver la traición con sus propios ojos.

Ana sería la más afectada, pero también lo superaría con el tiempo. Quizás ya sospechaba que su esposo la engañaba, aunque Marcos estaba seguro de que la esposa de Pedro jamás imaginó que fuera con su amiga. Habían compartido muchas jornadas, almuerzos, cenas, celebraciones de todo tipo, y también estuvieron juntos en los malos momentos. Pero a veces es difícil ver aquello que está debajo de nuestras narices.

Hubo ruido, el agua se revolvió por un rato, y cierto rojo ascendió. Marcos se asustó. Al fin y al cabo, no era un asesino, era un hombre lleno de odio, que no escupió su dolor en la cara de su mujer, que no golpeó ninguna mesa, que no tiró nada.

Pronto solo se escuchaban los pájaros otra vez. Nadie andaba por el río. Y Marcos necesitó romper ese silencio con un espeluznante grito. No era para cubrirse, sería considerado un accidente porque su historia era buena. Precisaba sacar la amargura agarrotada en su interior. Deseaba gritarle a Pedro la razón por la que lo había engañado para que se tirara al agua. Tal vez su amigo lo pensó en esos segundos de desesperación. Tal vez supo que algo no andaba bien porque Marcos no se había afeitado ese día.

Pasaron unos minutos, quizás ni fueron minutos, y Marcos intentaba tranquilizarse. Tenía que estar mojado para aparentar que, por lo menos, intentó rescatar a su amigo. Pero no era tan tonto para sumergirse, así que movió los remos lentamente, se alejó y usó el balde de los peces para mojarse. Y tomó los remos otra vez cuando algo lo tironeó. Solo vio su mano. Era Pedro, que mostraba heridas, aunque las pirañas no lo habían acabado.

Intentó subir al bote, pero no lo consiguió y Marcos se dio cuenta de que las pirañas no eran tan asesinas como pensaba. Tomó un remo y puso punto final al asunto. Aunque ahora el cuerpo tendría un golpe y él no sabría cómo justificarlo. Así que dejó que el remo se perdiera en las marrones aguas, y continuó con el otro hasta la orilla. Se suponía que las pirañas serían sus mejores vengadoras, pero tuvo que hacerlo con sus propias manos. Se suponía que se volverían asesinas, respondiendo a la sangre de un conejo que vertió en el río sin que Pedro lo percibiera, pero no fue suficiente.

Que intentó salvarlo, que todo ocurrió tan rápido, que no era buen nadador. Repitió muchas veces esas palabras a la Policía, a Claudia y a Ana. De verdad estaba trastornado y su apariencia desesperada no era producto de esas clases de actuación que siempre soñó tomar, pero nunca se atrevió porque era algo conservador y demasiado vulnerable a la opinión de los demás.

El médico decidió internarlo y el diagnóstico fue confuso. Claudia sabía que Marcos estaba extraño desde hacía algún tiempo, aunque jamás se imaginó que terminaría así. El dolor lo estaba acabando. Tal vez subestimó su vulnerabilidad. Tal vez algo más había sucedido en aquel día de pesca.

Cacho de Soledad

Movía la bombilla y el mate ya comenzaba a enfriarse. Parecía más preocupado por pensar qué decirle a Soledad, cómo reprocharle sus silencios, cómo hacerle entender que lo lastimaba. Todas las parejas sufren cambios, ninguna relación es estática, pero esta situación era corrosiva e insoportable.

Tomó un trago más de mate y resolvió abandonarlo. Ya estaba tibio; y para Cacho no había nada más feo que el mate frío atravesándole la garganta. Después de tantos años de tomarlo demasiado caliente para no llegar tarde al trabajo, ya estaba acostumbrado.

Las cortinas se movían y, a pesar de ser noviembre, el día prometía ser bonito. Tal vez el pronóstico le había dado en el blanco y se cumpliría la prometida lluvia. Más que el descenso de temperatura, el espigado hombre pensaba en el trabajo que le ahorraría la lluvia en la quinta, que con los años se iba reduciendo por las escasas fuerzas que alimentaban su espíritu. A poco de jubilarse, Cacho se dio el gusto de hacer una gran huerta, como siempre deseó. Pero el paso del tiempo fue cambiándolo todo y ahora el lugar solo conservaba un árbol de manzanas, algunas matas de acelga y unas plantas de tomate.

El sonido del teléfono regresó al viejo a la casa. Su mente viajaba a un pasado lejano para volver en escasos minutos.

—Hola, ¿Cacho? Soy Marcelo, del supermercado.

—Hola, Marcelito. ¿Cómo le va *m'hijo*?

—Bien, don Cacho. Estoy armando su pedido. ¿Quiere algo más o le llevo lo de siempre?

—Sí, traeme una *pipa* y un pedazo de queso, que ando con ganas de comer una picada con un vinito que tengo de mi último cumpleaños. Hoy es un buen día para tomarlo, antes de que la Soledad se enoje y me lo tire.

—Pero, don Cacho, ¡siempre es un buen día para una picada y un vinito! Bueno, le llevo todo cerca del mediodía.

—Gracias, Marcelito…

Y cuando Cacho quiso continuar la conversación, preguntarle por su mujer e hijos, se encontró con el vacío del teléfono, que a veces levantaba para asegurarse de que funcionaba, por si llamaba su hijo Gerardo o sus nietas.

—Ah, qué pena este muchacho, ni tiempo tiene ya para conversar. Ya nadie se habla de nada por estos días, ¿verdad, Soledad? Pensar que antes sacábamos el mate y las sillas a la vereda y nos poníamos al día con los vecinos. Siempre alguno arrimaba su silla y se armaban buenas rondas, y entre mate y mate las tertulias eran estupendas. ¿No, Soledad? Y si el calor golpeaba, entonces la granadina con soda para las mujeres y el vino frío para los hombres eran buenos acompañantes para la charla. Qué pena, che, que eso se haya perdido.

Salió al patio a colgar la ropa. Lo llenaba de melancolía porque allí le había enseñado a su hijo a andar en bicicleta y a jugar a la pelota. Al parecer, a Gerardo se le borraron de la memoria esos recuerdos, pero a Cacho le brotaban con frecuencia. Pero por más angustia que le generara, la ropa tenía que colgarla.

—Soledad, ¿esto lo cuelgo así o le doy vuelta? —preguntó, demostrando una vez más su malestar por tener que hacer esa tarea destinada a las mujeres. Pero no tenía otra opción, si no quería ver a su mujer con mala cara por no ayudar en la casa.

Hoy la ropa estaba más difícil de colgar que de costumbre, tal vez por el exceso de jabón que no se enjuagó bien o porque en realidad era necesario lavar más seguido para que no se amontone el lavado, pero la voluntad no sobraba por esos días.

—Qué le vamos a hacer, Mancha, no está quedando muy bien colgada. A ver si la plancha lo arregla después —dijo, mirando a su perro, que llevaba ya sus buenos años en la casa y parecía estar acostumbrado a sus rezongos por tener que ocuparse de la lavandería. Aunque tenía que reconocer sus grandes avances, pues ya dominaba el lavarropas.

En la cocina se defendía, aunque el menú era sencillo. De hecho, a su mujer siempre le gustaron sus pucheros. Es más, la comida fue su único tema de conversación durante sus breves charlas en el almacén de Almada, donde trabajó siendo un *gurí*, antes de conseguir un puesto de ayudante en un taller mecánico, en el que aprendió con gran facilidad el oficio, porque los fierros eran lo suyo. Pena que Soledad se quejaba por el olor a grasa.

Por eso había construido un bañito en el fondo, donde sacarse lo más grueso de la grasa del taller y entrar a la casa menos desagradable. En verano, era tarea sencilla, pero la prueba de amor estaba en invierno, cuando se colaba el frío por las rendijas. Soledad siempre apreció esto y se lo agradecía con un beso y el mate listo sobre la mesa.

Soledad demoró en darle el sí, pero una vez que lo aceptó, compartieron sus días de alegrías y penas después de cuatro años de noviazgo, como Dios mandaba y las costumbres obligaban.

Los años no se llevaron la delgadez de Cacho, pero sí sus rulos, el marco perfecto para su pálida piel y sus azules ojos. Ella, en cambio, mantuvo hasta entrada la vejez la negritud de su lacio cabello, que siempre descendía por su espalda, porque lo lavaba con té de hojas de nogal, como le enseñó su abuela. No corrió la misma suerte con su figura, a lo que Cacho restaba importancia cada vez que podía.

—Pero, mi negrita, si estás hasta más linda que cuando nos conocimos. Si eras un puñado de lástima… Las curvas son más lindas —le decía. Y cuando pronunciaba de nuevo estas palabras, sonó el timbre. Mientras se acercaba a la puerta, iba hablando de lo bien que bailaban juntos durante sus años mozos.

Encontró la sonriente cara de Marcelo detrás de la puerta, cargado con las bolsas del supermercadito. El hombre se dirigió directo a la cocina mientras lo saludaba.

—Buen día, Cacho. ¿Cómo le va? ¿Hablando solo de nuevo? Don, no hable mucho solo, que si lo escucha su hijo o alguna chusma, me lo llevan para un geriátrico y ahí se me muere de tristeza. Mejor quedarse en la casa de uno, nomás. Además, no quiero perder otro cliente, así el negocio no da.

Marcelo dejó el pedido sobre la mesa y guardó algunas cosas en la heladera. Sabía que Cacho podría dejar la carne afuera, y no había nadie más que lo ayudara. Soledad era quien se ocupaba de las compras, pero ya no estaba. Su corazón se apagó un año atrás y Cacho aún no lo entendía.

La guayaba

Aquella noche estábamos aburridos. No hay otra explicación. El sudor nos corría por la cara y el tórax. Parece que hace más calor cuando no se tiene mucho —por no decir nada— que hacer. Era domingo y las horas, viejas aletargadas que transitaban lento. Rafael, Antônio y yo estábamos, como casi todas las noches, pensando qué podríamos hacer para matar el aburrimiento.

El hambre, pero aún más el deseo de divertirnos, hicieron que uno —no recuerdo de quién fue la idea y, después de lo sucedido, estoy seguro de que jamás nadie reclamará su autoría— propusiera robar algunas guayabas del patio de don Carlinhos, que ya tenían ese amarillo que gritaba «dulzura» y nos llamaba con voz seductora.

Si le hubiéramos tocado la puerta para pedirle algunas, el vecino no se habría negado a que nos lleváramos las que deseáramos comer. Pero sabíamos que no tendrían el mismo sabor, el de la aventura, el de la audacia, que si las robábamos. Hoy me doy cuenta de que fue solo una estupidez de adolescentes, que a Rafael le salió muy cara, demasiado, y que los demás no olvidaremos nunca. Nunca.

Nos acercamos despacio a la casa y el perro comenzó a ladrar. Aunque el malcriado bicho siempre lo hacía, sabíamos que teníamos solo unos minutos para trepar el guayabo y alcanzar el preciado tesoro antes de que el dueño de casa fuera alertado por los escandalosos ladridos y saliera a ver qué sucedía. Pero estábamos acostumbrados a tonterías como esas y, si nos atrapaban con las manos en la masa, lo máximo que recibiríamos serían los reclamos de nuestros padres y algún insulto de Carlinhos, que nos perdonaría a la primera oportunidad en que le cortáramos el pasto.

Nos hicimos rápido de algunas guayabas y huimos sin que el viejo siquiera pensase en salir de la cama ante el escándalo del perro. Seguro creyó que todo era por causa de un gato. Teníamos el aval de la experiencia y la destreza de la juventud.

Sentarnos en el pasto a disfrutar del botín fue lo que las circunstancias requerían. No había necesidad ni tiempo para lavar ni mucho menos pelar. Rafael la mordió con ansias, pero sintió que algo le picó el borde del labio. Se pasó la mano, esperando que el responsable ya no estuviera sobre su cara, y si estaba, moriría de un golpe.

Sin dar mayor importancia, comió la fruta. Y luego otra. Nuestros estómagos quedaron satisfechos y las ganas de alguna emoción en la tediosa noche dominical, también. Después de un buen rato de charlas, las mismas de siempre, la madrugada nos trajo el bendito sueño. Entonces, cada uno se fue para su casa.

No hablamos de las guayabas de aquella noche, pero Rafael llevó por días esa pequeña herida en el borde del labio superior y, para aliviar la picazón, siguiendo el consejo de vaya a saber quién, se puso ungüento de eucalipto, que alivia muchos males. Me dijo que le calmaba y refrescaba.

Mientras tanto, el trabajo transcurría con normalidad en el taller del padre de Rafael. Los reclamos por su poco empeño eran casi diarios, pero ¿qué podría hacer el jefe? ¿Despedir a su propio hijo? Aunque ganas no le faltaran, Félix sabía que eso provocaría una serie de discusiones con su mujer, y siempre era mejor que Rafael estuviera ocupado por lo menos unas horas y no se pasara todo el día en la calle con sus amigotes. De mí, nadie tenía quejas, porque yo sí necesitaba trabajar; con el salario de mi madre no alcanzaba.

Más allá de las horas de trabajo, reunirnos era una cita ineludible. Todas las noches nos sentábamos en una esquina, casi en penumbras, a divertirnos rompiendo algo, escuchando música o, a veces, robando algún objeto de escaso valor solo para sentirnos temerarios, audaces, y no un grupito de amigos de un barrio cualquiera, en una ciudad cualquiera de Brasil.

Me di cuenta de la hinchazón en la cara de Rafael una mañana, varios días después. Todos le preguntaban qué le pasaba, pero él solo decía que un bicho lo había picado, lo cual era verdad. Eso estaba claro para los tres, lo recordábamos, aunque ninguno sabía qué insecto habría sido el autor.

Lo que no logró la hinchazón del lado derecho de su cara, lo hizo el dolor: llevarlo al hospital. Llegó casi a rastras. El doctor le recetó una pomada, y le confirmó que una araña era la responsable. Aún desconocía la identidad de la desgraciada, pero al menos ya tenía a una culpable.

La pomada aliviaba en parte el dolor de Rafael, que se desfiguraba cada vez más por la inflamación. Cuando sus ojos ya se le veían pequeños, su madre lo convenció de ir otra vez al hospital. Se suponía que debía mejorar, y eso no estaba pasando. Esta vez el doctor, otro, se impresionó por el estado de su cara, en especial por ese color rojizo que no recordaba haber visto en otra parte. Y ordenó de inmediato su internación, a pesar de las quejas del muy tonto.

La primera vez que lo visité seguía muy hinchado, pero me dijo que los antibióticos pronto le harían efecto. Conversamos un poco de los trabajos del taller, nos reímos de su padre y planificamos qué hacer durante el fin de semana. Bueno, en realidad fue casi un monólogo con un solo espectador, porque el pobre Rafael estaba acostado en aquella cama de hierro, en aquel cuartucho en penumbras. Las pesadas cortinas blancas no dejaban entrar la luz, que le resultaba una molestia insoportable.

Tuve la intención de ir al día siguiente, planes impedidos por Félix, quien me ordenó que me quedara en el taller porque a Rafael le harían una limpieza. Fue la última vez que aquel hombre me habló como un sargento. Cuando volvieron del hospital, ya anochecía. Los trabajos ya estaban terminados, así que solo cerré el taller y me fui para casa.

Nadie me dijo nada, y yo no pregunté. Tendrían que haberme advertido. Me fui al hospital temprano al otro día y entré antes que nadie. Intuí que algo andaba mal cuando la enfermera me dijo que Rafael estaba en cuidados intensivos.

Me vistieron con una túnica especial y me cubrieron la boca con un barbijo, que no recuerdo a dónde fue a parar, porque cuando me levantaron del piso, ya no lo tenía puesto. Seguro que me lo sacaron para que pudiera respirar mejor después del desmayo.

La escena fue insoportable para mí, tal vez por mi juventud, tal vez por mi escasa experiencia con enfermos, si es que se lo podía considerar así. Más bien, era una víctima. Rafael parecía haber sido atacado por un león, un oso, cualquier fiera que pudiera arrancar un pedazo de la cara. Juro que le vi hasta los huesos. No tenía el lado derecho de la cara. No olvidaré esa imagen jamás. Jamás.

El doctor cortó la piel para limpiar la infección, pero ya había avanzado tanto, que su carne estaba muerta. Tras combatir la putrefacción, tendrían que reconstruirle la cara por medio de injertos en un hospital de São Paulo. Ni siquiera sabía que eso era posible.

Estuvo internado unos días más; no me atreví a entrar de nuevo a verlo. Su madre repetía una y otra vez que se recuperaría, pero no logró salir de cuidados intensivos. Todavía recuerdo su sonrisa y que perdió parte de la cara. Y también aquella noche, en que no sé a quién se le ocurrió robar unas guayabas.

Él no está

El agua estaba tibia. Insulté al aire por no comprobar la temperatura antes de llenar la bañera y sumergirme. Me sentí tonta. Desnuda y con frío, solo dos opciones eran posibles: abandonar mi esperanza de un baño caliente que relajara mis músculos —y, tal vez, mi espíritu— o esperar a que el calentador hiciera su lento trabajo y llenar la bañera otra vez. Las dos opciones incluían frío.

Decidí darle una oportunidad a la poco feliz situación y, sentada y abrazando mi propio cuerpo desnudo, esperé. Y esperé. Miré el techo y comprobé la ausencia de telarañas. El baño iba a necesitar pintura el año próximo. Descubrí algunas marcas —probablemente de pasta dental— en el gran espejo sobre el lavatorio. Tomé la toalla gris que dejé en el borde de la bañera y me envolví los hombros. Eso aplacó un poco el frío de mi cuerpo, pero no el de mi interior. Ese aumentaba con el paso de los minutos.

Pensé en gritar para que él supiera e hiciera algo por mí, quizás calentar agua en una cacerola, a la vieja usanza, y mejorar mi patético escenario. Él estaba en la casa y, sin embargo, no estaba. No era la primera vez. Yo había desaparecido por casi media hora y Peter ni siquiera se percató. Permanecía en su oficina, en la planta baja, ensimismado. No sabía qué hacer. No me había casado para estar sola. Ansié tanto tener quien me abrazara y busqué al ideal con tanto cuidado, por tantos años. Tomé todos los recaudos posibles para amar a la persona correcta. Y lo fue... Ahora ya no estoy segura.

No dejé mi país y me mudé al suyo —tan, tan lejos del mío— para estar sola. Cambié las empanadas de mandioca y el *mbaipy* por la pizza con *pepperoni* y la *beans soup*, el español por el inglés, Paraguay por Estados Unidos, mi negro cabello por *light brown*. No le dije adiós —inundada en lágrimas— a mi familia para reducirla a una sola persona que, aunque regresa a casa todas las tardes, ya no vive aquí. Cena en la misma mesa, sí, duerme a mi lado, pero ya no vive conmigo. No renuncié a mi apasionante trabajo para convertirme en ama de casa, para cuidar los hijos que nunca llegaron y que, tras diez años de matrimonio y alcanzar los cuarenta y cinco años de humanidad, nunca llegarán. Para qué engañarme a mí misma...

Ahí estaba, sentada en el agua tibia, enfriándose, como mi espíritu. Y seguía sola, aunque él respiraba cerca. Se suponía que sería mi compañero de aventuras. Nos prometimos viajar y divertirnos un poco antes de tener hijos. Y lo hicimos, pero no por mucho tiempo. Pronto, dejamos de buscar aventuras. Ninguna propuesta le resultaba atractiva, salvo alguna cena en restaurantes locales. Nos fuimos encerrando en la casa y yo me fui enclaustrando.

Yo estaba sola, Peter, no. Él se cruzó en nuestro camino, en silencio, a hurtadillas. No lo vi, no lo sentí. Ahora me golpea en la cara, cada vez más. Lo odio con todas mis fuerzas. Podría causarle algún daño, pero sé que habrá otros después, porque Peter decidió dejar de verme.

Seguía en la bañera, intentado conseguir algo de agua caliente, pero no lo lograba. Debía esperar aún más. Mi paciencia estaba a prueba. Esperaba y lagrimeaba. No era el agua, claro que no. Podía envolverme en la toalla, vestirme y salir de esta realidad que me penetraba, una espada que atravesaba el estúpido corazón que me dijo, años atrás, que debía dejarlo todo por su promesa de amor.

No quería repetir la historia de mi madre, y se lo dije a Peter cuando empezamos a salir. Él me juró que jamás tocaría a otra mujer, que yo sería siempre la única, y lo sigo siendo. Pero esto es peor que un romance con otra mujer. Al menos tendría una rival a mi altura para pelear por su atención.

Peter me es infiel, y yo soy don Quijote. Mis molinos de viento no son grandes ni fuertes, pero se deslizaron en mi vida para abrir una grieta en mi alma. En realidad, es un solo molino de viento, es un pequeño aparato que con sus aplicaciones me ha robado su espíritu, su tiempo, su amor, y ya no sé si tengo fuerzas para recuperarlo.

El fantasma

No olvido el calor que hizo aquel enero. Los veranos eran cada vez peores, no corría ni aire. Pasaba las horas haciéndome viento, tirada en la hamaca que Ramón había atravesado en el corredor de la casa. Aunque me abanicaba hasta que se me cansaba el brazo, no servía de nada. Aquel verano tendríamos que habernos ido a la playa, pero ¿quién sacaba a Ramón del bar, del municipio, del pueblo?

—Ramón, traeme más jugo, pero esta vez con más hielo porque se derrite enseguida y se calienta.

—Ya voy, Elvira. Acá tenés, querida.

—Ah, ¡qué fresco! No aguanto más este calor, hombre.

—Esta noche va a estar bravo para dormir, por los mosquitos.

—Y este cochino calor.

Los viernes y los domingos, a la tardecita, Ramón se iba al bar del Tuerto Rodríguez. Toda mujer debe respetar la necesidad de su marido de tomarse un vino o una grapa con los amigos en el bar. Después de todo, ¿qué mal hacía si algunas veces venía un poquito pasado de copas?

Ese viernes estaba más ansiosa que de costumbre, me hervía la sangre pensando en cuándo se iría. Sería el calor, tal vez. Y a las cinco de la tarde Ramón miró el reloj, se bañó y marchó para el bar —caminando, porque para qué tener un auto en un pueblo que puede recorrerse en pocos minutos—, sin olvidar su beso en mi frente.

A los cinco minutos, más o menos, Alberto saltó el muro de atrás. Siempre lo sentía, pero yo simulaba para que él pensara que me sorprendía tomándome en sus brazos. Estaba sudado, pero a mí no me importó. Entramos rápido al dormitorio, mientras él me tocaba los pechos y trabajaba para sacarme la ropa.

Podíamos acostarnos donde quisiéramos, pero yo siempre prefería el dormitorio, porque si alguien golpeaba la puerta principal, daba tiempo para vestirse sin generar sospechas. Me tiró en la cama e hicimos el amor, como lo hacíamos desde hacía varios meses, todos los viernes y los domingos.

Me encantaba su cuerpo, sus brazos eran como los macizos eucaliptos de la zona. Su juventud y trabajo físico resultaban en la combinación perfecta para el placer de mi cuerpo. Aunque pasaba los cincuenta años, yo conservaba mi voluptuosa figura. Y cuando nos hicimos amantes, comencé a cuidarme en las comidas para mantenerme bien, no quería que Alberto perdiera el deseo por mí. Pasaba mis mañanas ocupándome de la casa, pero por las tardes salía a caminar por el pueblo para lucir mis curvas y ejercitarme sin escuchar cuestionamientos de Ramón sobre mis razones para estar cuidándome a estas alturas del partido. Era también la forma de acortar el tedio de Porvenir, irónico nombre para un lugar donde no existía tal cosa, y la señora del jefe del municipio no tenía más para hacer que leer alguna revista y coser. Después de hacer el amor, vehemente, encarnizado, Alberto caminó desnudo hacia la cocina para tomar agua. Disfruté ver su cuerpo tostado por el trabajo al sol. Creo que, como yo, le gustaba lucirse. Y tras un descanso, volvió a juguetear con mis pechos hasta que el deseo se apoderó de nosotros otra vez. Me enloquecía que tuviera tanta pasión y fuerza, tan distinto a Ramón...

Sumidos en el calor de nuestros cuerpos y de la habitación, donde el ventilador de techo hacía girar una brisa embriagante, nos quedamos dormidos.

Aquella noche Ramón volvió un poco más temprano del bar porque Arturo Martínez decidió arruinar la existencia de todos con sus cuestionamientos políticos. Los ánimos se alborotaron y el vinito hizo el resto. Entonces el Tuerto decidió mandar a todo el mundo para su casa. Menos mal que sentí la llave de la puerta, que Ramón no pudo abrir con facilidad por causa del alcohol.

Alberto pudo vestirse a medias y esconderse en la cocina, donde esperó hasta que mi marido se quedara dormido. Se movió con pies de plumas, aunque creo que se llevó por delante una silla.

Ramón se despertó.

—¿Qué fue eso? ¿Sentiste? —preguntó.

—No, Ramón, yo no sentí nada.

—Sí, fue un ruido en la cocina.

—No, Ramón, debe ser un fantasma. Dejame dormir que hace mucho calor y los mosquitos están insoportables. ¡Bichos de mierda, son inmunes al *flit*!

No quería ser tan descuidada, pero el deseo por Alberto podía más que mi propia razón. Pensaba que mi marido no sospechaba, ahora ya no estoy muy segura...

¡Cómo fui a meterme en estos bretes! Todo fue por casarme tan joven. Crecí en Porvenir y, sin salir de este lugar alejado de todo, a los diecisiete me casé con Ramón, un buen hombre, de una reconocida familia de la zona, que me llevó de luna de miel a la capital, porque siempre ha dicho que no puede haber un ciudadano que no conozca la principal ciudad de su país.

Tres días fueron suficientes para hacer alardes ante la parentela y las amigas, menos viajadas que yo. La corta estadía me dio material de charla para varias semanas, poniéndole el sabor que nuestra luna de miel no tuvo, decorándola con colores que no existieron y pasiones que no brotaron en ese momento, ni nunca. Qué le vamos a hacer, Ramón es un hombre aburrido. Sencillamente aburrido.

¡Qué lejos están aquellos tiempos! Tendría que haberme ido para la capital a conocer otra vida. A los dieciséis unos parientes de mi madre me ofrecieron llevarme de sirvienta con cama, pero limpiar nunca fue lo mío. Lo que sí quise fue mejor casarme con Ramón y tener la comodidad de una casa grande —la mejor del pueblo— y de una vida sin preocupaciones. Todo de la mano de un marido que no mataba ni una mosca.

—Bueno, pobre bichito, tiene derecho a vivir. Y si molesta, basta con espantarlo, pero no hay necesidad de matarlo —me dijo una vez.

—Ramón, dejate de *pavadas* y echá *flit*, que no se puede estar en esta cocina y los invitados van a decir que soy una mugrienta porque donde hay moscas... Y sabés cómo es la gente, después salen a *volarte el cuero* —le contesté.

Así era Ramón de bueno. Y Porvenir parecía una extensión de su personalidad. Ay, Medina se pasaba las horas en la oficina, un edificio de la época colonial que quedaba a la vuelta de la plaza. Leer el diario de principio a fin era su primera tarea como jefe municipal, acompañado por el mate. Para cuando terminaba su lectura, estaba listo para salir a recorrer el pueblo, conversar con los vecinos y asegurarse de que los funcionarios cumplieran con las tareas de recolección de basura y limpieza de las calles. Entonces ya era mediodía y volvía a almorzar a la casa y, tras la siesta, de vuelta al municipio. Esa era su vida.

Después de tantos años de casados, Ramón ya me parecía demasiado bueno, somnolientamente gris. Mas ese letargo contagioso se evaporó cuando Alberto apareció una tarde de julio buscando a mi marido para pedirle trabajo, aunque a esa hora solía estar en el municipio. Lo hice pasar porque llovía y ese fue el primer paso hacia sus brazos, esos brazos, ese pecho, todo ese cuerpo.

No sé si fueron los vinos o si creyó que era un fantasma, pero aquel viernes a la noche Ramón se volvió a dormir, y yo también, porque sabía que la ventana de la cocina estaba abierta.

El día siguiente fue como siempre, tuve visitas a tomar mate con tortas. Las viejas del pueblo se aparecían —y se aparecen— los sábados a la tarde para, con la excusa de tomar mate y conversar, llevarse a la boca mis artes dulces; es que siempre se me dio bien la pastelería.

El domingo a la tarde quemaban la temperatura y yo. Cuando Alberto no apareció, lo puteé, creyendo que alguna tipa lo había atraído con pechos más jóvenes. El lunes, el asunto cambió, cuando en la despensa del pueblo me enteré de que su madre lo andaba buscando.

«Debe andar tirado con alguna fulana, seguramente después de haberse pegado una buena curda el domingo», escuché a alguien decir. Todos empezaron a preguntarse dónde andaba después de varios días de no presentarse en la estancia donde trabajaba. Era el tema de conversación en el pueblo.

Una semana después de su desaparición, todo se tornó oscuro. Las moscas invadieron la casa de su madre, algo hedía y los vecinos no sabían qué era. Buscaban algún perro muerto, pero ningún bicho estaba desaparecido. Hasta que se percataron de que el nauseabundo olor venía del aljibe. Alberto estaba allí nomás, y la doña lo buscaba por todos lados con desesperación.

Como era un caso serio, el comisario Bustamante llamó a la ciudad para que mandaran personal. Él no tenía ni la preparación ni los funcionarios para llevar adelante la investigación de una muerte.

La gente comentó durante mucho tiempo que, pasado de copas, Alberto se cayó al pozo. Tenía un golpe en la cabeza. La Policía cree que se lo hizo durante la caída. Nunca encontraron un arma homicida y nadie vio nada. No tenía enemigos, era un buen muchacho.

Pobre Alberto, si hubiera sabido que aquel viernes era nuestra última vez, lo habría besado más. Aún extraño sus aguerridos brazos, todo su cuerpo bañado por el sol. Los viernes y domingos fueron, por muchos meses, desolados para mí. Ramón estuvo extraño durante algún tiempo. No creo que sospechara nada, se me hace que pensaba que la muerte de Alberto podía perjudicar su reelección como jefe municipal. Al año siguiente, sus temores se evaporaron. Ha vuelto a tener la quietud de siempre, esa que me aburre tanto.

Curvas que matan

«Esas curvas me matan», le susurré al oído, cuando pasó a mi lado en el baile de Carnaval. Llevaba un vestido ajustado que ninguna otra mujer del pueblo se atrevería a usar. Elvira es la mujer del jefe municipal y aunque algunas la critican a la hora del mate, nadie se atreve siquiera a mirarla con mala cara.

Estoy seguro de que me escuchó. Por eso, el siguiente viernes me le aparecí en su casa a preguntar por su marido, con la excusa de pedir trabajo. Mire si a mí me va a interesar trabajar en el municipio, donde lo más que hay para hacer es barrer las calles. A mí nadie me saca del campo, crecí en medio de los caballos, esos son más fieles que las mujeres.

Aquel mujerón me abrió la puerta, se puso la mano derecha en la cintura y, con una sonrisa en los labios, me invitó a pasar. La miré de arriba abajo. Tenía un vestido largo y unas botas. Llovía, me parece.

—¿Lo querés esperar? Estoy segura de que no demora. Si lo vas a buscar al municipio, tal vez ni está.

—Sí, lo espero. Quiero pedirle trabajo y sé que él me puede ayudar. Es que quiero un *laburo* en el pueblo, para estar más con mi vieja. Ya no está para estar sola por las noches y andar sacando agua del pozo —le metí de excusa y prendió el anzuelo.

Conversamos un buen rato; su marido no llegaba. Yo sabía que demoraría —estaba atendiendo un problema entre los Fagúndez y los Ortega, esos muertos de hambre que se peleaban, otra vez, por el límite de su propiedad, como si fueran ricos—, así que cuando fue a ponerle más leña al fuego, me acerqué con la excusa de ayudarla. Y rocé su pierna con mi mano, después me acerqué a su boca y la besé. Mi lengua hizo lo que quiso.

Ella se excusó con un «ay, no, mi marido», pero no dejé que perdiera mucho tiempo en eso. Yo sabía que me tenía las tales ganas. Me miraba cada vez que nos cruzábamos en el almacén o en alguna kermés. Así que ese día me fui para la casa y la volví loca por primera vez.

Como el marido va al bar los viernes y los domingos, esos son nuestros días. Perfecto, porque yo estoy en casa de mi madre del viernes de tarde al lunes de mañana. Y me quedan los sábados para irme de *farra* a la ciudad.

Elvira es caliente, apasionada, la tocás y se enciende. Lleva demasiados años con un poco hombre. Y encima ya está viejo y ella está muy buena, sus caderas me encantan… ¡ay, me vuelven loco! Es más atractiva que muchas de las muchachas del pueblo. No sé si yo fui su primer amante o hubo algún otro antes, nunca le pregunté y no me importa. Se dejó llevar desde la primera vez. No parece tener ningún remordimiento, aunque siempre dice que no quiere que su marido la descubra. Tampoco ninguna de las chusmas del pueblo. No sé cuánto tiempo pasará hasta que eso suceda, es un pueblo chico y todo se sabe. Ayer estuvimos al filo de que el cornudo de Ramón nos descubriera. Cuando intentaba salir por la ventana, choqué una silla y me imagino que se escuchó el ruido en el cuarto. No me quedé para descubrirlo, salí disparado. Tengo experiencia en salir por las ventanas.

El domingo me voy a enterar si sospechó algo, pero estoy seguro de que no me vio. El pobre tipo es medio lento para moverse. No podemos volver a quedarnos dormidos porque nos encontrará y, ahí sí, se arma la gorda. Bueno, tal vez ni le da el coraje para abrir la boca.

Golpe de suerte

El calor dominó Porvenir aquel verano, pero cuando encontraron el cadáver de Alberto, dejaron de hablar de eso. Todo el pueblo fue a su velorio. La gente lo recordaba como un muchacho lleno de energía, trabajador, que no alcanzó a formar una familia porque le gustaban varias mujeres y también las copas. Dejó a su madre sola, aunque doña Rosario se mudó con su hija a otra ciudad, y puedo asegurar que los nietos la mantienen entretenida. Pero nunca se olvida a un hijo. Pobre mujer.

Todavía tengo el olor a podrido en la nariz. Fue ese olor el que hizo sospechar a los vecinos de que había algo raro en el pozo. Ni bien llegó el comisario, se dio cuenta de que el cadáver estaba allí. Los policías de la ciudad hicieron bien en que su madre no presenciara cuando sacaron el cuerpo. La espantosa imagen está muy presente en mi mente, se quedó adherida a mí, y se suelta de una manera espantosa cuando me tomo unas copas.

Tampoco puedo olvidar aquel viernes en que nos tuvimos que ir del bar antes de lo pensado porque el imbécil de Martínez fue a arengar a la gente para que se uniera al nuevo partido. Empezaron los gritos y voló alguna botella, hasta que el Tuerto decidió cerrar.

Imaginé que Elvira ya estaría dormida. Me había tomado algunas copitas de caña, no tantas como para no sentir su olor en la habitación. Podía olerlo cada viernes y domingo. Nunca dije nada.

Intenté dormir, pero cuando sentí ruido en la cocina, me di cuenta de que aún estaba en casa. Preferí no levantarme. Preferí no saber quién le quitaba el aburrimiento a mi mujer.

A las seis ya estaba en pie para ser la persona que encontrara en la cocina su cinturón de cuero con un toro en la hebilla. Entonces el fantasma tuvo un rostro.

Sabía que, aunque teníamos dos hijos adolescentes que nos daban algunos dolores de cabeza —no sé a quién salieron tan baguales estos *gurises*—, ella estaba aburrida. Y yo no sabía contentarla. Por eso no dije nada cuando empecé a sospechar que alguien calentaba las sábanas además de mí, y él las humedecía en pasión.

¡¿Qué podía hacer?! Estaba agradecido de que se hubiera casado conmigo. Y no podía darme el lujo de perderla. Fue mía y siempre será mía. Desde que la vi en aquel baile en San Isidro. Ella llevaba un vestido blanco con pequeñas flores fucsias y un lazo del mismo color en la cintura. Imposible olvidar cómo remarcaba su cuerpo. Y al cruzarnos en la cantina me sonrió y entonces la invité con un refresco. Ella tenía diecisiete y yo treinta y dos. Ya nos conocíamos de vista, porque en el pueblo no hay desconocidos.

Sus padres dieron el sí rápido, atraídos por la buena situación económica de los míos. Lo comentaban los vecinos. Es que todo se sabe en un pueblo que es un pañuelo. Yo no lo sentía así hasta que encontraron el cadáver de Alberto en el aljibe de su casa. Entonces descubrí que el amorío de Elvira era un secreto a voces. No creí que algo así pasara en Porvenir, pero pasó. Encontraron un muerto en un aljibe. Para muchos, yo era el principal sospechoso. Unos pocos hasta me condenaron en sus charlas, mientras otros confiaban mucho en mí y no me creían capaz de semejante barbaridad. «Es cornudo, pero no asesino, che», decían.

Las bocas se callaron cuando la Policía de la ciudad concluyó que Alberto, borracho, se cayó al pozo y se golpeó la cabeza. Don Ernesto Pérez tiene otra versión. Sigue diciendo que, como soy el jefe municipal, no se investigó demasiado. No sé qué vio el viejo, pero cuando se habla del asunto, no abre la boca más que para repetir esa frase. Menos mal que esperé a que todo se calmara y no lo amenacé. Casi lo hago. No quería usar la pala una vez más. No quería poner a prueba mi suerte una vez más.

La noticia

Acabo de recibir el resultado. No es lo que deseaba escuchar. Salgo a la calle y escucho solo mis latidos y mi respiración, el resto son zumbidos. Tenía la enorme esperanza de que fuera negativo. Nadie sabe que hoy esperaba que la biopsia confirmara que tengo cáncer. Nadie sabe siquiera que los médicos lo sospechaban. Ahora ya no es solo una posibilidad, ahora es real, ahora sé que este monstruo me devora pedazo a pedazo, célula a célula.

Las piernas no obedecen a mi cerebro, se vuelven débiles en cada paso. Me siento en el borde de un cantero, muy cerca del edificio donde está la clínica. No me dan las fuerzas para llegar más lejos. Quiero gritar, pero lloro, en silencio.

La gente camina rápido, no nota mi presencia. Lo entiendo, no me conocen, no saben lo que me pasa. Ignoran que he recibido la peor de las noticias, al menos para mí. No tengo mucho tiempo, eso dijo el doctor. Sería un milagro si viviera más de seis meses.

Maldito monstruo que me aniquilas rastreramente. Y yo que ignoraba que estabas dentro de mí. Si hubiera sabido... *Hubiera...* Maldita palabra. Debería ser excluida de los diccionarios. Debería ser extirpada de nuestra boca, de nuestros pensamientos. Lloro, aún en silencio. Nadie ve mis lágrimas. Respiro con dificultad, el monstruo avanza desde mi pulmón izquierdo para estrujarme la garganta. ¡Maldito! ¡Suéltame! Lloro. Ahora mis quejidos se hacen escuchar. Me envuelven, me abrazan, me cobijan. Alguien me mira, ha percibido que estoy allí. Me levanto, no quiero volver a sentir su crítica mirada.

Camino sin saber a dónde voy. Será muy difícil decirles a mis hijos. ¿Qué harán sin mí? Bueno, seguirán con sus vidas, como yo hice cuando mamá murió. ¡Qué falta me hace! Ella sí estaría a mi lado, no me dejaría estar en esta inmensa soledad que me traga. O tal vez no le hubiera contado para que no se amargara, como no les he contado ni les contaré a mis hijos... Estarán solos cuando la oscuridad me alcance.

Cruzo la calle sin mirar. Un auto me asusta con su estúpida bocina. Casi me atropella. Me río como una loca, pensando que sería una buena broma de la vida que un auto me matara. Me ahorraría dolor, tristeza... dinero. Mis hijos tendrán que pagar tanto cuando el cáncer me apague... Sé que no debería importarme, pero me importa.

Camino y no sé dónde estoy. Si hubiera un tratamiento... pero ya es muy tarde. ¡Cómo me descuidé! Pero no sentía nada. Bueno, sí sentía, pero el trabajo, los hijos, los nietos, y la casa siempre se cruzaban cuando pensaba en ir a un doctor. Solo me sentía cansada. Eso creía yo. Me ignoraba, como ahora me ignoran los que caminan frente a mí.

Lloro, lloro y quiero gritar. Pero ¿qué va a decir la gente? ¡Ay, qué estúpida soy! ¿A quién le importa lo que piensen los demás?

Trato de gritar, pero no puedo, el cáncer me aprieta la garganta. Sigo caminando sola. Me seco las lágrimas y la nariz con la manga de la camisa. He perdido los modales, pero a quién le importa. Si voy a morir. No lo haré sola, seguramente estarán mis hijos y mis amigos. Pero moriré. Es demasiado tarde para cambiar maneras, hacer cosas, coser lo descosido.

Me siento en un banco. He perdido el rumbo, creo que conozco esta zona. Alguna vez caminé con mis niños por aquí, o hice algún trámite en esa oficina. El pecho se me estruja. Ahora sé exactamente dónde está ubicado el corazón. Trato de respirar, necesito fuerzas para llegar a casa, llamar a mis hijos, vivir lo que me queda. Abrazar, besar, y luego dormir la más oscura de las noches.

Ojos verdes

A pesar de ser una arquitecta que no aparentaba sus treinta y ocho y que nada tenía en común con él, Rosana sentía una fuerte atracción por sus ojos verdes. La primera vez que lo vio, vino a su mente Gustavo Adolfo Bécquer y su *"no sé si en sueños, pero yo los he visto. De seguro no los podré describir tal cuales ellos eran: luminosos, transparentes como las gotas de la lluvia que se resbalan sobre las hojas de los árboles después de una tempestad de verano".*

Rosana acostumbraba levantarse temprano, desayunar algo liviano y salir a correr. Luego de una minuciosa ducha, un café le permitía llegar hasta su estudio y concentrarse en su trabajo. Estaba en un gran proyecto: la construcción de un edificio. Era, hasta el momento, su mayor obra. Lo ganó entre varias propuestas y se sentía inmensamente feliz, pues sabía —varios profesionales lo decían— que aquel edificio marcaría un resurgimiento de esa zona de Miami.

A pesar del intenso trabajo, se hacía el tiempo para estar con él. Más de una vez inventó una excusa para escapar de la oficina y estar con su amor una hora. Solo una hora. Lo conoció una tarde en que, aquejada por un fuerte dolor de cabeza que ya rondaba por su tercer día, decidió ir al médico. Allí, mientras esperaba su turno con el doctor Giménez, lo vio por primera vez. Quizás si no fuera por aquella espera, jamás se habría detenido a verlo. Pero lo hizo. Creía que no duraría mucho. Lo disfrutaría mientras tanto.

Todos decían que era guapo y que su almendrado cabello, peinado por las olas del mar, lo hacían exitoso. Nadie mencionaba que en verdad aquel cabello era producto de una experta estilista. Pero a Rosana no le importaba su pelo, su altura, su abdomen. El hecho de que fuera dueño de una mirada pintada con los colores de la pradera la capturó y ya no la dejó escapar. Cayó rendida a sus pies, nada más se puede decir. No era su costumbre dejarse llevar tan fácilmente; de hecho, solía luchar para no enamorarse. ¿Y por qué haría esto una mujer independiente y hermosa? Para no sentirse indefensa, sin piel.

Rosana era atractiva para los hombres por muchas razones. Ostentaba una bonita figura, contaba con una profesión y una vitalidad envidiable. Tenía tiempo para todo y para todos. Eso cambió cuando lo conoció. Fue capaz de modificar su apretada agenda —alterar horarios y dejar algunas actividades— con tal de verlo todos los días. Y aunque pensó que solo era algo pasajero, él logró enclavarse en su mente. Aquel distante hombre, con una vida dispar a la suya, atravesó su armadura con la mirada, se la quitó con lentitud y la rompió en pedacitos.

Estaba en sus pensamientos, lo soñaba... dormida y despierta. Tenía que reprenderse a sí misma para dejar de pensarlo y volver a los proyectos, al trabajo, a su carrera. Y a las cinco, ella era toda suya. Aquel hombre la besaba, la abrazaba, le cambiaba la vida por una hora. Por una hora era la mujer de un hombre de campo, débil ante su piel, pero más ante sus ojos. Después volvía a su rutina, a sus compromisos sociales y las demás cosas que hacen las mujeres modernas e independientes.

Rosana apuraba el paso por las calles para subirse a su camioneta y verlo en su casa de lunes a viernes, a las cinco de la tarde. Y los fines de semana, ante su ausencia, se impregnaba de su mirada viendo una maratón de capítulos grabados. Cuando el canal era dominado por fútbol y los programas carecían de espíritu, ella lo veía y lo sentía otra vez en los episodios pasados. Y sus fotos en Instagram le daban una cuota extra. Había convertido aquella telenovela en su propia historia; y a su protagonista, en su amor.

Y pensaba qué haría cuando terminara. ¿Intentaría conocerlo personalmente? No, ella no sería una de esas que van por las calles con un papel en la mano, dispuestas a hacer cualquier cosa por un autógrafo y una fotografía con su actor preferido. No, seguiría prefiriendo aquellos ojos verdes solo para ella, en su mente, en sus sueños, y mantener su armadura y su piel sin heridas.

El abuelo se volvió loco

Huele asqueroso, menos mal que vine antes para abrir las ventanas y se me ocurrió traer desodorante de ambiente. No se puede esperar otra cosa después de tanto tiempo de estar cerrada. Por la casa no van a pagar gran cosa, pero toda la propiedad es valiosa. No teníamos mucho, pero papá ahorró todo lo que pudo e invirtió en la tierra. Amaba la tierra.

Todavía se ven las manchas de sangre en la pared, y eso que han pasado tantos años. Voy a tener que darle una pintada antes de que el tipo de bienes raíces la ponga en venta. Cuando venga, tendré que preguntarle eso. Al menos tengo que pintar el comedor y el dormitorio de mis padres. Nadie quiere comprar una casa donde mataron a cuatro personas.

A ver el dormitorio... Tengo que verlo... Si cierro los ojos, me parece sentir los gritos de Mariela. No recuerdo más que eso de aquella noche. Casi todo lo que sé me lo contaron los vecinos y los parientes, y algo leí en unos viejos recortes de diario en la biblioteca de la ciudad.

Todos nos fuimos a dormir a distintas horas. Parece que el abuelo Manuel se durmió al amanecer. Yo fui el primero, por ser el más chico. Me pusieron a dormir, entre cantos y el lento movimiento de la cuna. Tenía tres años.

Cuando todos dormían, dicen que, a eso de las tres de la mañana, el abuelo tomó un cuchillo de la cocina, entró al dormitorio de mis padres y apuñaló a mamá en la cama. Seguramente estaba muy dormida. Espero que ni siquiera se haya despertado. Por el lugar en donde ella dormía, no la eligió primero, solo estaba del lado de la puerta.

Al parecer, papá se despertó y prendió la luz. Gritó horrorizado ante lo que veía; debe haber rogado al cielo que se tratara de un mal sueño, uno malísimo. Pero no, el abuelo se le tiró encima y lo apuñaló una vez en el brazo izquierdo. Papá se defendió golpeándolo, probablemente con la mano derecha, y tirándolo al suelo. Papá se dio vuelta para mirar a mamá. Su sangre era un arroyo que se abría paso entre los movimientos de la cama, lo sé por las fotos de la Policía. La abuela Carmen hizo quemar el colchón. Tendrían que haber quemado la cama también.

El abuelo, desde el suelo, en su furia le cortó la pierna derecha con el cuchillo grande y viejo. Tan viejo como él, pero bien afilado. Papá entonces cayó sobre la cama, bocabajo. Ahí fue donde recibió la tercera y certera puñalada, que no lo dejó escapar de la muerte. Su sangre llegó casi a la puerta que unía el dormitorio al comedor. Todavía se pueden ver algunas manchas en su recorrido entre las baldosas. Creo que tendremos que cambiarlas, porque impresiona.

Por causa de los gritos de papá, Mariela y Manuel —si viviera, mi hermano maldeciría por llevar el nombre del abuelo— se despertaron. Mariela saltó de la cama y, con temor, dio pasos lentos hacia el dormitorio de mis padres, mientras prendía las luces en su camino. Tenía solo doce años. Probablemente gritó con locura cuando vio a sus padres en aquel horrible cuadro. Tal vez no le habría pasado nada si no se hubiera despertado, porque el abuelo iba saliendo de la casa cuando escuchó el grito de Mariela. Entonces regresó, con su cuchillo en la mano. Y en la puerta del dormitorio le asestó una puñalada en la espalda que la dejó moribunda por varias horas. Lo saben los peritos al comparar las horas de las muertes.

Manuelito fue testigo de la feroz escena. Lo vio todo desde la puerta de nuestro dormitorio. Y el abuelo lo vio a él. Mi hermano alcanzó a decirle a Leandro, el vecino que lo ayudó, que tenía cara de loco y los ojos de serpiente.

Sintiendo que sería el próximo, Manuelito trató de llegar a la puerta que daba hacia el fondo. Mi abuelo lo alcanzó y también lo apuñaló. También por la espalda. Y el viejo salió al frente y se acostó en su catre del patio.

Mi hermano estaba herido, mas tuvo las fuerzas suficientes para levantarse. Ay, todavía está la huella de su mano marcada con sangre al lado de la puerta. Y, como pudo, trató de ayudar a Mariela. Seguro que la sacudió y le habló, tal vez no supo si estaba viva o muerta. Era un chiquillo de catorce años, no sabía de signos vitales.

En la casa no teníamos teléfono. Vivíamos en el campo y, en aquellos tiempos, solo los ricos hacendados tenían. Así que la única forma de pedir ayuda era ir hasta la casa del vecino más cercano. Era lejos, demasiado lejos para alguien con una puñalada en la espalda.

Al ver a sus padres tendidos en una cama roja en sangre y que no respondían, mi hermano pensó en mí. Yo estaba en mi cuna, en el cuarto que compartíamos, llorando asustado por los gritos. Lo único que recuerdo son los gritos de Mariela. Mi hermano no tuvo tiempo de contar los detalles. Me imagino que así fue y por eso algunas noches me despierto agitado, a pesar de los años que han pasado.

Entonces Manuelito me tomó en sus brazos, me consoló para que el abuelo no recordara mi existencia y viniera a buscarme. Pensando que no llegaría muy lejos con un niño en brazos y una profunda herida en su espalda, mi hermano corrió hacia el aljibe, que llevaba todo el verano seco, tan seco que lo usó para escondernos.

No sé cómo hizo para que bajáramos. Por años he observado este pozo, especulando. No es muy profundo, tal vez por eso se secó aquel tórrido verano. Me imagino que me bajó en el balde que usaban para sacar agua y luego descendió como pudo y al final saltó o se cayó, porque tenía una pierna quebrada, que no lo mató, pero agregó más sufrimiento al que ya tenía.

Cuando Leandro llegó, a las seis de la mañana, listo para trabajar con mi padre en el campo, se encontró al abuelo durmiendo en el catre. En verano le gustaba dormir afuera, por causa del calor. El catre ya no está, alguien se lo debe haber robado. O la abuela lo mandó a quemar.

El cuchillo ensangrentado alertó a Leandro: algo no estaba bien. También fue una mala señal que nadie estuviera levantado, porque mis padres solían levantarse a las cinco de la mañana. El vecino despertó al viejo, que no recordaba la sangrienta noche. Solo decía cosas que no tenían sentido. Entonces Leandro entró a la casa, donde vio los pies de Mariela, que asomaban desde el dormitorio de mis padres. Estaba muerta, al igual que ellos.

Y escuchó mi llanto, que hacía eco en el aljibe vacío. Salió hacia el patio y se asomó en el pozo para verme en el pecho de Manuelito, que me abrazaba, pero no respondía a los llamados del vecino ni a mi llanto. Leandro se montó en el caballo, llegó a su casa, y ordenó a su hijo mayor que fuera por la Policía y por el doctor. Entre varios vecinos nos sacaron y Manuelito pudo contar algo de lo sucedido. Se murió en el hospital, unas horas después. Aguantó mucho, pobrecito.

El abuelo no supo qué decir a los vecinos primero, ni a la Policía después. Balbuceaba incoherencias, pero el cuchillo y la sangre lo condenaban. Dicen que ya andaba muy raro, y todos se lo achacaban a la vejez. Y sí, estaba bastante viejo, aunque la locura usurpó su cabeza. Dicen que murió, pocos años después, en la cárcel y sin recordar más que nuestros nombres.

A mí me crio la abuela Carmen. Hoy he vuelto por primera vez a la casa.

La hora de fumar

Con pesadumbre lavo los platos y miro por la ventana. Lo veo llegar, como siempre, entre las 2:30 y 2:50 de la tarde, de lunes a viernes. Estaciona en el predio del centro municipal, que da justo frente a mi cocina.

Yo sigo lavando los platos y pienso en este hombre de unos sesenta y largos. Cada vez que lo veo cumple con el mismo ritual: abre la puerta de su camioneta negra —gana un buen salario, eso es seguro—, se baja y, recostándose a esta, enciende un cigarrillo.

Las primeras pitadas son casi desesperadas. Es obvio que ha querido fumar por horas y por fin puede hacerlo. Después, fuma con tranquilidad, lo disfruta, y mira a su alrededor. Evita observar los vehículos que pasan, más bien se detiene en los árboles, en los pájaros. Descansa la vista.

Esos minutos —menos de diez— son su oasis en el camino estresado de la vida. Yo, si fuera él, me sentaría en un parque, pero él tal vez no tiene tiempo para desviarse hacia uno. Tiene en su trayecto este estacionamiento con tan solo una casa enfrente, la mía. No puede verme, la cortina está apenas abierta. No sabe que estoy aquí, viéndolo, pensando en su vida, imaginando qué lo motiva a fumarse dos cigarrillos antes de llegar a casa.

Seguro le dijo a su esposa que ha dejado de fumar y no quiere que sienta el olor dentro de la camioneta. El hedor en la ropa es culpa de sus compañeros, que le fuman alrededor durante la media hora de descanso.

Hoy no se ha afeitado. Siempre luce muy prolijo, hoy no ha tenido tiempo. Se ha levantado con los minutos contados. Una maratón de películas de Fred Astaire le consumió el domingo y se fue a la cama muy tarde. Es lunes y sus ojeras lo muestran. O discutió con su esposa otra vez por dinero, ella quiere más y él cree que ya le ha dado suficiente. Y se fue a la cama con la amargura que le pasó factura a la mañana.

Disfruta la última pitada. Está solo. Yo también. Respira profundo, y sube a la camioneta. Tiene perfume en la guantera para cubrir el olor del cigarrillo. Eso hará más creíble su mentira. No lo sé, me imagino. Se va. Mañana probablemente lo vuelva a ver.

Sala de espera

La sangre comenzó a correr por su brazo derecho. Ya la toalla estaba embebida y dejó traspasar aquel río rojo que Sebastián miraba con horror, mientras esperaba en la sala de emergencias del hospital. Ese día había muchos pacientes, como solía pasar. Un *déjà vu* tercermundista.

Una hora antes, el rutinario trabajo de Sebastián se convirtió en la pesadilla que ahora estaba viviendo. Era un hombre acostumbradísimo al uso de la sierra. Tantas veces utilizó esa máquina, primero como empleado en una antigua carpintería, luego en una enorme fábrica, donde se sintió explotado y pronto decidió abandonar la seguridad del salario para hacer lo que le gustaba. Montó una carpintería con sus ahorros para trabajar a su antojo.

Se distrajo, no sabe bien. Sintió un sonido extraño y el dolor subió con intensidad después de cortarse el dedo índice, que ahora pendía en un hilo. Ni se percató de cuál fue el torpe movimiento que le arruinó el día y, si no recibía atención pronto, y de la buena, muy probablemente la mano.

Sentía correr la sangre por su brazo y escuchaba la voz alterada de su mujer, que suplicaba en la ventanilla que atendieran a su esposo, quien tenía una profunda herida en un dedo.

La enfermera, sin que una pestaña se le desprendiera de su maquillado rostro, le dijo que un solo médico estaba atendiendo a un paciente con mayor urgencia. «No se preocupe, su esposo será atendido ni bien llegue el cirujano. Que mantenga la herida apretada y el brazo en alto», fueron sus palabras finales, antes de caminar de nuevo a sentarse frente a su metálico y frío escritorio. Ya había completado los formularios de rutina para asegurarse de que el paciente tenía derecho a ser atendido en aquel hospital —nadie se salva de eso, a menos que llegue con más que una herida en un dedo—. Así que su tarea estaba cumplida.

La telenovela de las cuatro de la tarde estaba en su apogeo en un televisor, el volumen bajo para no fastidiar. ¡La ironía! Algunos consumían las imágenes como anestésicos para el dolor, la angustia, la desolación. La desprotección ventila las emergencias, sombrías, infames, que se empeñan en que saborees la amargura en altas dosis.

En medio de aquella escena de desesperación, en que los minutos parecían horas, un agradable aroma invadió la nariz de Sebastián. Giró su cabeza a la derecha y miró que una mujer, vestida a la perfección, se sentaba a su lado. Su perfume penetró hasta los pulmones y el hombre no pudo evitar estornudar. Los olores fuertes siempre lo hicieron estornudar y esta vez no fue la excepción. Con el estornudo, su trémula mano derecha se sacudió aún más.

Angustiado, abrió la roja toalla para comprobar que la punta de su dedo índice acababa de abandonar por completo su cuerpo. No logró ver el pedazo, en medio de la inmensa mancha roja en la toalla que un día fue blanca. Su dedo no estaba y Sebastián lo necesitaba.

—Mi dedo, ¿dónde está mi dedo? —gritó con vehemencia.

La rubia perfumada saltó espantada ante la dantesca situación: una toalla embebida en sangre y un hombre gritando por su dedo. Y huyó al otro extremo de la sala de espera, a un paso de atravesar la puerta.

Sebastián no hacía otra cosa que gritar por su dedo. Y todos los pacientes, incluso aquellos que dormitaban por tantas horas de espera, se espabilaron. Algunos se acercaron tratando de ayudar, aunque no faltó quien diera retirada sintiendo náuseas ante el exceso de sangre.

—No se muevan, por favor, no se muevan, no vayan a pisar mi dedo. Miren el piso y no se muevan —gritó Sebastián con las pocas fuerzas que le quedaban. Su mujer ya estaba en cuatro patas buscando el pedazo de dedo.

Todos clavaron sus ojos en el piso, intentando ayudar al desesperado ser, ya un ánima en pena. Todos los ojos discurrieron por el piso de la sala de espera, y nadie parecía verlo.

—Vaya a saber a dónde fue a parar el mentado dedo —se pudo escuchar decir a un tipo, que se frotaba la barriga como mujer a punto de parir.

Hasta que se sintió una voz a pocos metros de Sebastián:

—Acá está, acá está. Pero yo no lo toco ni loca —dijo una señora que esperaba junto a su nieto aletargado por la fiebre que avanzó con las horas de espera.

Sebastián respiró. No parecía que fuera posible, pero respiraba. Y la agitación le devolvió algo de color a su cara. Recogió el pedazo de dedo. Lo necesitaba para cuando el cirujano abandonara su paseo en lancha por el río y se dignara a aparecer en la sala de emergencias.

Mi amigo Ricardo

Ricardo era a todo dar. Se levantaba temprano para llevarme a trabajar porque yo todavía no tenía auto. Necesitaba comprarme un vehículo si quería tener más de un trabajo y empezar a rasguñar la envoltura de mi «sueño americano», salvo que me estaba costando demasiado ahorrar. Aunque conducir era lo peor. Me sudaba como un puerco. El tráfico de Houston me ponía muy nervioso. Venía de un pueblo chico, adaptarme no era fácil. El idioma era un tema aparte, todavía sigo batallando.

Los fines de semana nos divertíamos juntos, si él no trabajaba o tenía otros planes. A veces yo no sabía ni dónde estaba. Me presentaba a todos, especialmente mujeres. Decía que lo mejor que me podía pasar era casarme con una gringa y acomodarme tranquilo.

Me tenía una paciencia de hermano, aunque apenas me conocía. Aun así, nos teníamos confianza. Pagábamos todos los gastos a medias y nunca le pedí ver los recibos. Me mudé a su apartamento ni bien llegué de México, por recomendación de un conocido de mi pueblo que me ayudó a cruzar.

—Creo que me voy a casar, yo por eso no paso otra vez —me dijo una madrugada, tras volver de una entrevista con oficiales de migración. Ricardo luchaba por conseguir la *green card* luego de una petición de asilo. Tras ser un periodista reconocido en su ciudad, huyó de México después de ser secuestrado por los narcos. Una noche me contó, entre tequilas y nachos, la historia de aquella horrenda experiencia. *Man*, se me erizaron los pelos. Daba tristeza que hubiera sido forzado a dejar sus padres y hermanos, su carrera y su tierra por hacer su trabajo. Había visto mucho y trabajado duro para frenar la violencia.

Y un día me presentó a su novia, una gringa espectacular. Aquella mujer parecía sacada de una revista. Yo pensaba que mujeres como ella solo estaban en las películas de Hollywood. Ricardo conocía a Julie desde hacía tiempo, se la presentaron unos amigos, también mexicanos. A ella le encantaba la cultura latina, aunque no hablaba ni una palabra de español. Era gracioso que él platicara de otras mujeres frente a ella. La pobre no entendía nada.

Pasaron solo seis meses y, para mi sorpresa, fui el padrino de su boda. ¡La *lana* que los padres de Julie pusieron para aquella fiesta padrísima no tiene nombre! Ricardo y Julie estaban muy felices. Él bebió y bailó hasta el final. La mayoría de los invitados ya no estaban y mi cuate seguía festejando.

Poco lo vi después de la luna de miel. Estaba ocupado con su nueva esposa, nueva casa, nuevo carro, y yo lo entendí. Todo iba bien en su vida. Yo, en cambio, batallé con el pago de la renta del apartamento hasta que finalmente conseguí un *roommate*. Era un joven tímido, recién llegado de El Salvador, y aunque no me divertía como lo hacía con Ricardo, pagaba todos los gastos sin queja. Y limpiaba.

Ricardo apareció una noche, bien tarde, en el apartamento. Hacía más de dos años que no lo veía y por eso me sorprendió. Julie había decidido irse de vacaciones y solo le dejó una nota. «Cosa de gringas, subirse a un auto e irse con las amigas a Las Vegas. Seguro irán a clubes y por eso no incluyen a los maridos. Las gringas no son como las latinas. Me tendría que haber casado con una latina pero difícil encontrar una con papeles», me dijo.

Se quedó a dormir porque bebió mucho y nos dio el tiempo para ponernos al día. Ya por fin tenía su *green card* y estaba *chambeando* con el padre de Julie en el *dealership*. Vender *trocas* no le gustaba mucho, extrañaba la emoción del periodismo. No le importaba que ese trabajo daba buena *lana* y algún día sería su negocio, me imagino, porque Julie era hija única y la venta de carros no le interesaba para nada. Me contó que Julie quería tener un hijo y él no estaba para semejante cosa.

Al mes, Ricardo se apareció otra vez en el apartamento. Me agradó que viniera sin aviso a tomarse unos tequilas y cocinar unos tacos al pastor. Julie estaba en otro viaje, esta vez por trabajo, y él ya no *chambeaba* para su suegro. Dijo que mejor era mantener los negocios separados de la familia. «La cosa está complicada. Los gringos son diferentes, es difícil entenderlos. Se la pasan trabajando y no les gusta disfrutar de la plata. A mí me gusta darme gustos», comentó. Tanto era así que Julie ya no visitaba a sus padres, porque acababan discutiendo sobre su matrimonio y los asuntos del *dealership*. Yo lo entendí. Aunque él era a todo dar, no dejaba de ser alguien de afuera, diferente a su familia política.

Esa noche le dimos duro al trago, tal vez porque el tequila era de los buenos. Como a la una de la mañana, en medio de la borrachera, me dijo dónde la había enterrado. Juró que la golpeó sin querer y, en los nervios, la enterró en las afueras de la ciudad. Igualito a los programas de televisión que a veces veo para practicar mi inglés. No hubo viaje a Las Vegas, tampoco de trabajo. Pobre Julie, era bien linda.

Yo me quedé tieso, no sabía qué decir. Una de las razones por las que yo había salido de México era la violencia y ahora estaba metido en esta. Ricardo era mi amigo y, además, si llamaba a la Policía, terminaría en manos de la *migra*.

No fue necesario. La familia de Julie se ocupó de hacerlo. Se cansaron de las llamadas sin contestar y se aparecieron en la casa y el trabajo. Al no verla, sospecharon y denunciaron. La investigación fue rápida, no sé si porque los Robinson tenían *lana* o acá los policías tienen otras formas de hacer las cosas.

Unos investigadores se aparecieron una tardecita en el apartamento y me llevaron a una oficina para hacerme preguntas, porque dijeron que necesitaban un intérprete. Después de algo más de dos años en *gringolandia*, yo seguía solo diciendo algunas palabras en inglés.

Yo *canté* todo lo que sabía, que me deportaran no era lo peor que me podía pasar. Para mi sorpresa, me largaron sin más. Eso sí, no me podía mudar porque me llamarían para hablar otra vez. Pensé en desaparecerme más de una vez, pero no me dio el coraje. Y sí, me llamaron muchas veces para hacerme nuevas preguntas, o las mismas que ya me habían hecho. Y hasta tuve que testificar en el tribunal. Me tembló hasta el apellido. También me dio una amargura ver la cara de tristeza de Ricardo…

Lo fui a visitar después de que lo condenaron. Se lo veía distinto. Estaba haciendo terapia. Dice que todas las mujeres muertas que vio durante las investigaciones en Juárez lo dejaron traumatizado, lo hicieron matar a Julie sin pensarlo dos veces. Me contó cosas espantosas con lujo de detalles.

No creo volver a visitarlo. Cuando salga de la cárcel será deportado. Pero eso será en veinte años.

Huyendo

Oh, maldición, ya se ha hecho tarde y se está poniendo oscuro. Recojo mis cosas rápido, busco las llaves y voy hacia mi auto. Camino rápido, el libro en la mano izquierda, las llaves en la derecha. Subo al auto y salgo del estacionamiento. Otro auto viene detrás. ¡Me golpea! Estoy bien, nada me ha pasado, solo el sacudón. ¡Maldito estúpido! Me bajo, impulsada por el deseo de reclamarle por su estupidez. Tendré que llamar a la Policía y al seguro.

Apenas alcanzo a decirle que cómo no me ha visto… Me contesta con tremendo puñetazo. Termino sobre el capó del auto. Me siento aletargada, débil. Se me acerca y me toma del cabello. Aún tengo las llaves del auto y recuerdo el llavero de gas pimienta. No sé a santo de qué saqué las llaves cuando me bajé… Fue un acto reflejo, porque jamás pensé que me atacaría, pareció solo un tonto accidente.

Lo rocío con gas pimienta, pero casi que no le llega. Es la primera vez que lo uso, debí haber practicado cómo usarlo. Una jamás practica para estas cosas. Lo empujo, aunque apenas puedo moverlo. Está algo afectado, no tanto como yo desearía. No tengo nada con qué golpearlo. Se mueve apenas para un costado y entonces no sé cómo logro zafarme y me echo a correr tan rápido como puedo. No sigo el camino, entro en el bosque, que en su creciente oscuridad puede darme algo de protección.

Lo veo seguirme. Siento el corazón golpeando contra mi pecho, es un bombo que retumba en mis oídos e inunda mi cabeza, y no puedo pensar con claridad. El aire frío choca contra mi cara casi afiebrada. No sé a dónde voy, no conozco demasiado este lugar.

Y sigo corriendo. Me cuesta respirar. Tengo que seguir. No puedo detenerme, ni siquiera aminorar el paso. Él está muy cerca, lo puedo sentir. Necesito que alguien aparezca y me ayude. Por favor, alguien tiene que andar por el parque, corriendo, caminando, paseando con el perro.

¡Por favor, Dios, Diosito querido, no me dejes ahora! Así como me diste las fuerzas necesarias para empujarlo, dámelas ahora para seguir corriendo, para encontrar ayuda, para salir de esta.

Tropiezo con algo y me caigo. Me duelen la rodilla y el tobillo. Rengueando, me escondo detrás de un árbol. Trato de respirar profundo, sin hacer ruido. No lo escucho, pero él podría escucharme. ¿Con qué podría defenderme? Perdí las llaves con el gas pimienta. Necesito encontrar un palo con algo de punta para clavárselo… en la cara o en el cuello.

Respiro y miro alrededor, tratando de encontrar un palo. Esta roca podría servirme, la tendré en la mano mientras sigo buscando un palo. No lo escucho, así que me muevo lento, tratando de no hacer ruido y mirando el suelo para encontrar un maldito palo que me pueda servir de arma. Tengo que clavárselo o golpearlo con fuerza. No puedo dudar, no importa si lo mato, es mi vida o la de él.

No sé lo que quiere, pero nada bueno es. Seguro me estuvo observando todo el tiempo y yo, concentrada en mi libro, ni cuenta me di que estaba oscureciendo y ya todos se habían ido. ¡¿Quién me manda a venir a leer en el parque?! ¡Qué estúpida que soy! ¡Por qué carajos no me quedé a leer en el sillón! Papá tiene razón, la oportunidad hace al ladrón… o al violador… o al asesino. Y yo se la di a este tipo. No recuerdo su cara, necesito recordar su cara para describírselo a la Policía… si salgo de esta.

¡Este palo me va a servir! Empiezo a correr de nuevo. Lo siento cerca otra vez, demasiado cerca. No lo veo. El bosque me ha abrazado, me protege, pero no me deja salir, me aprieta, me ahoga. O tal vez son los nervios. No sé hacia dónde voy, entre los árboles no encuentro un camino o una salida.

Mis piernas están cansadas, me duelen. No sé cuánto soportaré seguir corriendo. Nunca fui muy atlética y ahora me arrepiento de no haberme inclinado hacia los deportes que me dieran mayor aguante para momentos como estos. Este parque es tan grande, y yo tan menuda, escuálida, sin muchas fuerzas para pelear. Si tan solo encontrara a alguien… Si no encuentro ayuda, no creo que pueda resistir mucho.

Y si consigue alcanzarme, ¿qué me hará? Las opciones no son muchas, ninguna agradable. No habrá un final feliz. Eso solo pasa en las películas, donde los buenos resultan salvados cuando parece que no hay esperanza y los malos reciben su merecido.

Oh, Dios, necesito un lugar donde esconderme, pues las piernas ya casi no me responden, no como yo quisiera. Puedo sentirlo, está cerca, escucho sus pasos. Creo que si solo extiende sus brazos, logrará sujetarme del cabello y estaré perdida.

¡Maldición, piernas, corran! Allá, allá, detrás de aquellos árboles, parece una casa. ¡Es la oficina del guardabosque! Ni sabía que había guardabosque. ¡Gracias, Dios, gracias! Mis piernas flaquean aún más, temo que no me den las fuerzas para llegar a mi destino. El objetivo está cerca y puede significar todo en este momento.

Llego y la puerta está cerrada. Golpeo, golpeo, grito, grito. Puedo romper la ventana y entrar, es una oficina, debe haber un teléfono. Tiene que haber alguien que me ayude. Mis pocas esperanzas se diluyen rápido. Al detenerme para golpear esta puerta, él avanzó. ¿Estará tan cerca que puede observarme, o es el temor que me juega una mala pasada? Estoy aturdida. O acaso es el viento que también huye y se cuela entre los árboles, trayéndome el sonido de sus pasos.

Alguien abre la puerta. ¡Gracias, Dios! Mi corazón es un caballo desbocado, escucho mi propia respiración, que se confunde con el crujir de la puerta que no acaba nunca de abrirse por completo para revelar a mi salvador. Es una anciana. Estoy segura de que al verme me creerá, me tendrá compasión.

Respiro con agitación. Los pensamientos negativos asestan un duro golpe a mi mente. ¿Si aquel hombre consigue entrar? Esta vieja no podrá defenderme. Tengo que actuar rápido. No me salen las palabras, no puedo explicarle que un hombre me ha atacado y que tengo que entrar. Empujo a la anciana y cierro la puerta.

La cara de la anciana, pálida, arrugada, me hace comprender que siente casi el mismo temor que yo. Respiro, respiro, por la nariz y por la boca. Los segundos pasan empantanados por causa del temor que aún escapa a través de mi piel. Entonces puedo explicarle que me han atacado, que necesito un teléfono, que tenemos que llamar a la Policía, por favor.

La mujer no contesta. Le pregunto, mientras sollozo y mi boca se entumece por los nervios y el agotamiento, dónde está el guardabosque, porque el cartel dice que esta es su oficina. Me responde que es su hijo y que no está, que hace sus recorridos antes del cierre del parque, asegurándose de que nadie se quede a deshora.

Le pido que tranque la puerta, y lo hace. Me siento un poco más tranquila, ya puedo respirar mejor. Le pregunto por el teléfono otra vez. Ella me lo señala. Está en un escritorio, detrás de una pila de diarios. Me acerco. El lugar no está muy ordenado, falta limpieza.

Levanto el tubo del teléfono. No funciona. ¡Maldición! La mujer me dice que no tienen servicio desde que cortaron la línea cuando limpiaban unos árboles. Que espere a su hijo, que él tiene celular.

Le pregunto si todas las puertas están cerradas y me responde que sí. Me siento, mis piernas y pies van a explotar. La mujer me ofrece agua. Me trae un vaso y tomo con desesperación.

Intento pensar con claridad. Un cuerpo en movimiento interrumpe mis pensamientos. Lo veo pasar frente a la ventana. Otra puerta se abre. Alguien camina. Mi corazón se paraliza. Él ha entrado. Lo reconozco. Está agitado. La anciana me mira y dice con tranquilidad: «No se preocupe, es mi hijo que ha regresado».

www.ingramcontent.com/pod-product-compliance
Lightning Source LLC
Chambersburg PA
CBHW020654180626
46816CB00003B/1280